Love Letters

～100回継ぐこと～

作道雄

【プロローグ】

『和歌山県立和歌山南高校　演劇部部誌　２０１０年春特別号より』


お久しぶりです、元部長のナミです。

私たち三年生が引退してから、早いもので五ヶ月が経とうとしています。高校を卒業するという実感がないまま、大学生活に向け引っ越しの準備を進めている毎日です。

最後の舞台となった『夏の夜の夢』は、文化祭で上演するには難しい演目だったにもかかわらず大成功を収めましたね。私たち演劇部は、出演者が裏方も兼務するような小さな部ですが、素敵な作品を創り上げる団結力とパワーがあります。

今まで同様、これからもすばらしい舞台を生み出してください。


この部誌にはたくさんの苦い思い出があります。

台本を書くのは大好きだけど、締め切りだけは一度も守れずじまいでした。上演タイトルを直前で変更したせいで、部誌に載っているものと違ってしまったことも。

部誌担当の巽くんからは、日頃の厳しい指導（私にとっては愛）への恨みからか、小言をたくさんもらいました。小言を言いながらも、台本を考えること、手伝ってくれてありがとう。

私は今、海岸の砂浜に座り、この部誌に載せる原稿を書いています。

ここは原点とも呼べる場所。ずっとなにかあれば訪れていたし、これからも町に戻るたび、きっと勝手に足が向くと思います。音楽のように響く波、頬をなでる丸い風、目の高さで光る傾いた太陽。今はすべてが私の新しい旅立ちを祝ってくれている気がします。

この先にどんな海原が広がっているのか、今はまだ分かりません。

力強い言葉を残して出発できればいいのですが、いざとなると駄目ですね。ほんの少し、不安な気持ちのほうが勝ってしまいます。それでも遠く離れた地から、これまで以上に皆さんを応援したいと思っています。

三年間本当にありがとうございました。

最後にこの言葉を贈らせてもらいます。

「運命とは、最もふさわしい場所へと貴方の魂を運ぶのだ」――シェイクスピア

和歌山県立和歌山南高校　演劇部　　金澤奈海

第一章　二〇一〇——二〇一一

『ナミ先輩』

ご無沙汰しています。佐藤巽です。ナミ先輩とは、卒業式以来でちょっと緊張します。大学生活はいかがですか？　きっと素敵な新生活を送られていると思います。

僕はというと、今日、塾の定期テストの結果が出ました。先輩の通う大学への判定は、正直ちょっと微妙でした。Ｂプラスだったんです。おみくじで言うと中吉くらいでしょうか？

自分では頑張ったつもりだったんですが、そんなに甘くはないようです。

あれっ。先輩に手紙を書こうって、お風呂場で思いついた時は名アイデアだと思ったのですが。

でも、いざ一枚の便せんを目の前にしてみると、自分でも信じられないくらい綺麗な字が書けているだけで、何の中身もないことを書いてしまっている気がします。

すみません。

何を書こう……そう。今日、僕はあることを決意したのです。

以前からナミ先輩に痩せすぎだと言われていたので、筋トレして今より十キロ増量しようと思うんです。受験勉強をしていて、体力の重要性を感じたのもあります。次に先輩と会うときまでにもっとかっこよくなってみせます。「男子、三日会わざれば刮目して見よ」です。

そもそも先輩には、僕のことを、ただのへなちょこだと思っている節があります。

たとえば先輩は僕を「君」と呼びます。名前で呼ばれたことは一度もありません。

一年早く生まれたからって、「君」と呼ぶのは果たして正しいことでしょうか。

確かに先輩は僕より、一歳年上です。

僕が一兆歳になった時、先輩は一兆一歳です。でも一兆歳の僕と一兆一歳のナミ先輩が、その時もまだ一歳の差であーだこーだ言っていたら、九億九千九百九十九歳の、僕の一個下の後輩は果たしてどう思うでしょうか。

分かりにくかったですか？　正直に言います。僕が言いたいのはこういうことです。

ずっと先輩に、名前で呼んで欲しかったです。

やっぱり手紙はセンチメンタルになってしまってダメですね。

いいアイデアだと思ったんだけどな。

草々
佐藤巽

『前略　君へ』


お久しぶりです。金澤奈海です。

大学での勉強自体はこんなものか、という感じではあるけれど、一人での生活は思ったより楽しいです。誰の存在も気にせずに、二度寝、三度寝、四度寝を重ねられるのは、一人暮らしという困難を選んだ勇者に与えられた特権です。

まず増量の件ですが、頑張って下さい。受験で体力が必要なのは間違いないし、増量したことで君が自分に自信を持てるなら素晴らしいことだと思います。

ただ、私が君に言っていたのは「細くていいいね」であり、断じて「痩せすぎだ」ではありません。言葉はなるべくその意味のまま自然に受け取ることを心がけ、裏の意味を邪推するのは、ほどほどにしましょう。国語の先生を目指している私からのささやかなアドバイスです。

次に（きっと君にとって）本題である一歳差問題ですが、私は君の意見に反対です。君が自分で言った通り、君が一兆歳の時、私は一兆一歳です。これに尽きます。一兆年掛けても君は私に年齢で追いつくことはできません。君がノーベル賞を獲ったり、火星着陸の偉業を成し遂げても、年齢で私に追いつくことはできません。だから私には一個上の人間として、君を好きな呼び方で呼ぶ権利というものがあって、その権利を行使して、私は君をこれからも「君」と呼ぶことにします。

君がお風呂場で思いついたこのお手紙のアイデア、君は後悔しているようだけど、私はとてもいいアイデアだと思いました。なので提案です。会えない間、こうして手紙で連絡を取り合いませんか。いわゆる文通のお誘いです。

君は昔から文章を書くのは嫌いだと言っていましたね。記述問題は毎回空欄だと。記述は配点高いからもったいないです。手紙を書くことで、君の記述力はもちろん、読解力の向上も図れるはずです。君の文章を読んで気づいたことがあれば伝えます。私にとっても、教えることの練習になるから、お互いにとってとてもいいことだと思います。

そちらはもうそろそろ、半袖の季節でしょうか。こちらはまだ少し肌寒いです。

去年の夏、君と行った白浜のビーチでのことが遥か昔のように思えます。懐かしいね。

四月のちょうど中頃が桜の見頃だったのですが、大学中庭の桜並木にはそこかしこにカップルがいました。みんな人目を気にせず振る舞っていて、これが大学生らしさなのかと感心したりしました。

大学受験が終わって、春になったらお花見に行きましょう。

ではまた。お返事待ってます。

平成二十二年五月十四日　草々

※草々は前略と一緒にこうやって使います

金澤奈海

『前略　ナミ先輩へ』

お返事、ありがとうございます。文通のご提案、嬉しいです。こんな僕でよければお願いします。文章をチェックされるのはちょっと緊張するけど、先輩にお手紙を書くのは楽しいです。

前回の手紙以来、毎日ジョギングと腕立てと腹筋を続けています。ジョギングは朝走ることもありますが、たいていは夕方です。

やり始めて気がついたのですが、ジョギングしてる人って結構いるんですね。中にはちょっと変わった人もいます。昨日は、「ありがとぉ〜って伝〜えたぁくてぇ〜」で始まる朝ドラの主題歌を、演歌調の節まわしで歌いながら走る、七十歳くらいの男性がいました。しかも歌うのは橋の上だけで、渡り切るとまた無言で走るんです。おかしいですよね。

さて。

僕は今、翌々週に迫った小惑星探査機「はやぶさ」の帰還が気になっています。

はやぶさは、約三億キロというとんでもなく遠いところにある小惑星イトカワへ一人で行って、サンプルを持ち帰ろうとしています。

相次ぐトラブルにより、あの広大な宇宙で迷子になってしまったのに、なんとか見つかり、帰ってこれることになったんです。

凄いと思いませんか？　宇宙ですよ！

理系って理屈ばかりでロマンなんて全く無いよなと思いつつ、工学部を志望するのも悪くないかなって（数学の成績だけはそんな悪くないし）。

今夜も僕は、迷子になった「はやぶさ」に思いを馳せながら、眠りにつこうと思うのです。

＊

『前略　ナミ先輩へ』

続きの手紙を入れ忘れたまま送ってしまいました。恥ずかしくてもんどり打ちました。よりにもよって、決めてかかった文章のところで……。

迷子の「はやぶさ」のことは、次の話題への橋渡しのつもりで書いたんですからね。急にロマンチストぶったわけではありません。恥ずかしい。

夜に手紙を書くせいか不思議と、『夜×手紙＝？（人体にどんな影響を与えるか）』という変な問題が最近頭をよぎります。こんなこと考えていないで、受験勉強に専念すべきだということは分かっているのですが。

多分、ロマンに身を任せてだいぶ筆がすべっていたと思いますが（日本語合ってますか？）、ともあれ前回の続き、入れ忘れた原稿を送ります。

＊

「はやぶさ」の迷子から、思い出したのは去年の夏のビーチです。

覚えてますか？　五歳の女の子、あかりちゃん。

島でのんびり海を眺めていた時でしたよね。「ママー、ママー」って大泣きしてたあかりちゃんに、先輩が優しく声をかけて。一緒にママを探そうって、海の家まで三人で手をつないで歩きました。あかりちゃんを励まそうと、二人できらきら星を歌いましたね。あれ、楽しかったです。

考えてみれば、先輩の卒業式で顔を合わせて以来一度も会っていないんですよね。昔はテスト前でも、月に二回は「島」で会ってたのに。どれだけ早くても来年の春までは会えないんですよね。先輩のよく通る声、凛々しい横顔が少しだけ恋しいです。

先輩を初めて見たのは、僕が一年の時の文化祭でした。クラスの出し物がおばけ屋敷に決まり、資材調達係に何人かで駆り出された日の帰り道。

廃材置き場から、馬鹿みたいに大きい板を抱えてよたよた歩いていたら、気が付くと渡り廊下に一人、取り残されていました。

その時、どこからか発声練習の声が聞こえてきました。

声に導かれながら校舎裏にたどり着くと、先輩の姿が少し離れたところに見えました。背筋をぴんと伸ばし、お腹に手を当てて発声練習をする先輩は、凛として真っ直ぐでした。

その次の日。練習をこっそり見に行ったら、先輩に見つかって。演劇部に誘ってくれました。

「身体は生きたまま、心が死ぬの？　心が生きたまま、身体が死ぬの？　結婚するか、それとも死ぬか」

その時、先輩が練習していた台詞です。先輩が急に思い詰めた声で言うものだから、本当にびっくりしました。

演劇のことなんて何も知らなかった僕に、「この台詞はシェイクスピアの『夏の夜の夢』という戯曲のヒポリタという女性の台詞なんだよ」と、先輩は教えてくれました。あの時、実は自分の無知に、顔から火が出るような思いだったのです。

でも、「聞くは一時の恥、聞かぬは一生の恥」って言いますよね。それがどんな戯曲で、どういうシーンの台詞なのか、尋ねてみて良かったです。その日から、シェイクスピアの戯曲を読み込む生活が始まりました。僕の家に、ちょうど全集が全巻あったのです。「全集全巻」。なんだか、そんな四字熟語ありそう。

翌年の文化祭、演劇部は『夏の夜の夢』をやることになり、先輩はヒポリタを、僕はシーシアスを任されました。先輩は念願のヒポリタ役だったから、張り切ってましたね。振り向いてくれないヒポリタに愛をささやき続けるシーシアス。あの頃の僕には、難役でした。悔しいのですが、今ならもっと上手に演じられる気がします。

もうすぐ夏が来ますね。

そちらの夏は、涼しいのかな。勉強、頑張ります。

平成二十二年六月十日　草々

佐藤　巽

追伸
一緒に送ったもの、気に入ってもらえると嬉しいです。

『君へ』


もう、夏が終わってしまいましたね。

時の流れは早いもので、気付けば蝉の鳴き声は聞こえなくなりました。大学に入って初めての夏休みだとワクワクしていたのに。

そちらの夏は、とても暑かったね。お盆に帰った時、暑さで倒れてしまうかと思いました。

東北に帰ってくると、やっぱり涼しいなと感じました。


ところで。

SNS。ご存知ですか？　ソーシャルネットワーキングサービスといいます。周りはみんなSNSを始め、日々のよしなしごとを呟いたり、反応を送ったりしています。

スマートフォンは、さすがに知ってますよね。私はみんなに先んじて、スマホに切り替えました。スマホ、便利です。ガラケーの時と比べて、慣れると圧倒的に文字を打ちやすい。そしてその打ちやすさが、文字を打ちたくなる。つまり、なにかを言いたい欲に火をつける。

何が言いたいかわかりますか？

この文通という意思伝達手段は、とにかく時代と逆行しまくっているということです。こんなに文章を書くことなんて、日常ではあり得ない行為です。しかも、手書き。大学生になったら、ワードやパワポは必須アイテム。それなのに、手書き。

別にいいのですが。つくづく変な気持ちです。

ところで、ところで。

その節は、初めて家に招いてくれてありがとうございました。

全集全巻を見せてくれるということで、ほいほい行ってしまったけど、とても広いお屋敷でびっくりしちゃった。

君のお父様が集めている小説の数々。

あれは普通の家では集めることができない物たちだと思います。君には、文学的素養があるのではないでしょうか。中には歴史的に価値のある物もあるでしょうし、状態管理には十分気をつけてください（プロに管理を任せた方がいいとも思います）。

滞在させてもらった数時間、ほとんどの時間を読書にあてたせいで話し忘れていたのだけども。

君のご自宅にお邪魔する道すがら、朝ドラの主題歌を大声で歌う七十歳くらいの女性を見かけました。その女性は、橋を渡る時だけ、歌っていました。君が見かけたのは男性だよね。こんなことってあるんだね。人生は不思議に満ちていますね。

「人生は、不思議の宝石箱やー」。ごめん、なんか言いたくなって。

最近は時間ができたので、演劇の台本を書いています。大学生の夏休みは、長いのです。「僕たちは、あと何通手紙を送り合えるのでしょうか?」という台詞を思いつきました。悪くない台詞だよね。この文通のおかげかもしれません。

台本、出来たらぜひ読んでください。演劇部時代、君がくれた感想がとても良いヒントになったこと、今も感謝しています。

平成二十二年九月一日　　金澤奈海

追伸
お手製のりんごジャム、とても美味しかったです。できればまた送ってほしいな。君のおかげで（あるいは、せいで）、ぷくぷくになれそうです。

『ナミ先輩へ』

ＳＮＳもスマートフォンも知っています。僕はまだガラケーですが、新しい文明に、これからも対抗し続けていこうかな、なんて思ったり。
うまく表せないのですが、手紙でしか書けない言葉や気持ちがあるような気がするんです。それが証拠に、ＳＮＳでは短い言葉しか書かないのに、手紙だと、文がどんどん長くなるじゃないですか。なにか、文字を書くことでしか得られない魅力に、僕たちは気づいてしまったのかもしれません。それってなんだかとても、得した気持ち。
さて。りんごジャム、気に入ってもらえて嬉しいです。今回のはどうでしたか？　前回よりも少し砂糖を控えめにしてみました。僕はぷくぷくな先輩も素敵だと思うけど、「お前のりんごジャムのせいだぞ！」って、ぷくぷく怒られるのは嫌だったので。

コレクションのことですが、管理のことはいつか父に言ってみようと思います。

父と僕は、けっして不仲というわけではないのですが、ざっくばらんに話せる仲ではありません。受験のことも、相談したことはないし。

でも唯一、会話をするのは昔からあの本棚の前でした。あそこは我が家の聖域といったところでしょうか。母を早くに亡くした僕たちは、寂しくなったり辛くなるとあの部屋に入って、何を話すわけでもなく時間をやり過ごしました。母の愛読していた『モンテ・クリスト伯』を手にとって、しんみりしたり。

あの部屋に誰かを入れたのは先輩が初めてなんです。あの時、なんとなくですけど、母に会ってもらったような気がしました。

台本、ぜひ読ませてください。僕には感想をお伝えすることしかできませんが、それでお役に立てるなら嬉しいです。

週末は全国統一の摸試です。気が重たいですが、がんばってきます。

平成二十二年九月二十日　佐藤　巽

『君へ』

帰省した時の続きの話をします。

散歩がてら、高校までの通学路をまた歩いてみました。お盆だから当然だけど、生徒の姿はなくて。そういえばこの時期は部活も休みだったな、なんて思い出しながら、私服を着て通学路を歩いてることに、なんだかそわそわしました。

正門の前まで行って、校舎まで続く道の桜の木が青々としているのを見ていたら、ふとある場面が浮かびました。これを書きたいって思って、すぐ家に帰って、ノートにメモしました。

君のことを考えていて思いついたので、これは君のおかげかもしれません。

りんごジャム、また送ってくれてありがとう。

砂糖が控えめになった分、ちょっと酸味も出ているりんごジャムは最高で、一度に前回の倍の量を食べてしまいました。カロリーが半分になっていても、二倍食べたら意味ないよね。中学生の頃、カロリーハーフのマヨネーズを倍かけてるお父さんに冷たい言葉をかけたことがあったけど、遺伝って怖いね。反省です。

反省にかこつけて、髪色、金髪にしちゃおうかな。前から染めてみたかったのです。反省関係ないですね。ただ、やってみたいだけ。次に会う時、金髪でもびっくりしないで下さい。

近況です。

台本は書きかけていたのを捨てて、一から書き直します。難航中。

あとは十月から後期の講義が始まり、前期より専門分野の講義も増えました。入学したばかりの頃よりも、高校時代を鮮明に思い出してしまうのは、レポート提出に追われているからなのか。

こちらではすでに樹木の葉が色を変えていて、そっちよりも冬の訪れが早いのを実感しています。

君はそろそろ模試の結果を受け取っている頃でしょうか。Bプラス以上の報告を待ってます。きっと大丈夫です。

最近の君の文章、とても好きです。

そちらも段々寒くなると思うので、風邪をひかないようにして下さい。

平成二十二年十月二十三日　金澤奈海

『ナミ先輩へ』

先輩の手紙を読みながら窓の外を眺めていると、こちらも葉の色が変わっていることに気付きました。もしかしたらかなり前から変わっていたかもしれません。

気分転換に公園へ行くと、絨毯みたいに地面がふわふわしていました。茶色の絨毯です。踏みしめるとどんどん足が沈んでいきます。このまま埋まって動けなくなるのではないか、と思ってしまうほど。見上げると、何枚かの葉がひらひらと僕の前に落ちてきました。それらを見ていると、なぜか悲しい気分になってしまい、なんのための外出だったのだろうかと、分からなくなってしまいました。

季節によって世界の色が変わるのって、本当に不思議ですよね。でもその不思議は、楽しい不思議ではなくて、どちらかというと、怖いに似た不思議です。目に見える表面だけじゃなくて、もっとずっと深い場所で変わっていってしまうものが怖いんです。

先輩はその不思議を、受け止める人だと思います。

だから僕も受け止めたいなと思っています。

先輩はいま開けた世界で、僕の知らない人と、僕の知らない表情で話しているんですよね。髪色の明るい先輩も、きっと素敵なんだろうな。


近況です。

昨日、模試の結果を受け取りました。国語の成績だけ少し上がりましたが、それだけでした。評価は変わらずです。焦りばかりが先立って、空回りしている気がします。

模試の結果を見ていると、僕より先輩に近い人がこんなにいるのだと、思ってしまいます。そんなこと、今まで意識したことなかったのですが。

僕が先輩の隣に立っている。そんな未来、本当にあるのでしょうか。あと半年どころか、何億光年の夜を越えたって、先輩はいつも一年先の世界にいる。そんな気がします。

あいまいな優しさって、何よりも残酷です。どんなに傷ついていたとしても、必要なのは常に真実だと僕は思います。ごめんなさい、八つ当たりですね。でも、これが今の僕です。

「僕たちは、あと何通手紙を送り合えるのでしょうか？」

平成二十二年十月三十日　佐藤　巽

『君へ』


こんにちは。

紅葉と一緒に私の髪色も茶色くなりました。金髪にはできなかったけど、満足です。

紅葉が落ちる頃には、また黒く戻るかもしれませんが、今の自分を楽しもうと思います。桜も紅葉も、盛りの期間が短いからこそ美しいのですから。

私の明るい髪色を私自身が見ることはほとんどないのに、日々の気分が変化するのもまた不思議ですね。私にとって、私の見た目って一体なんなんだろう。

さて、君が話してくれたことですが、君は今、受験前でとても大切な時期にいます。だからきっとストレスは溜まるだろうし、色々考えてしまうから、シンプルなことがわからなくなってるんだと思います。

君が志望する大学に受かれば、君と私は同じ大学の先輩後輩の関係になります。君が来年この街に来れば、君の隣には私がいるはずです。

今の私にとって、一番したくないことは、君の邪魔です。君の心を乱す原因が私なのだとしたら、それは私にとって何より辛いこと。だから、君には迷うことなくしっかり勉強して、大学に合格してほしいです。もしこの文通が君の負担になるなら、私は今すぐにやめたい。

時間の流れはとてもゆっくりで、もどかしさも感じますが、なるべくシンプルに考えましょう。そうすればうまくいきます。難しく考えず。寝る前に襲ってくる悪い予感や想像を、パカッと脳から取り外し、しっかり熟睡できる大人を目指しましょう。

近況です。

大学ではもうすぐ学園祭が始まります。学生も教授たちも心なしか、ザワザワしているような気がします。キャンパスでは模擬店の準備が進んでいて、あちこちにテントが張られています。

私は、大学の演劇サークルに入りました。

入学した頃は繁華街の小劇場に足繁く通って、地元の劇団などを鑑賞していたのだけど、演劇に触れるうちに熱いものが込み上げてきて。そんな時、基礎ゼミで一緒の同級生に、タイミングよく誘ってもらい、入ることにしました。

初めての公演が学園祭で開かれます。私は入ったばかりだから、役はもらえなくて、照明助手をやることになったのだけど、それでも演劇に触れるのは楽しいです。君には来年の学園祭で、役をもらって演技をしている私を観てほしいです。

いや、君と一緒に舞台に立ちたいです。

君との舞台を思い出したら、最後の大会の帰り道でのこと思い出しました。あの約束のことです。

しつこいようですが、体調管理には気をつけて下さい。応援してます。

平成二十二年十一月九日　　金澤奈海

『ナミ先輩へ』

最後の全国統一テストが終わった夜に、これを書いています。今日は手応えありでした。先輩と同じ舞台に立ちたいので頑張ってます。とにかく今は、先輩の言う通り、難しいことを考えずにシンプルに頑張ろうと思っています。とりあえず、先輩と僕の間にある、千キロくらいある物理的な距離を埋められるよう頑張ります。

僕、実は本番に強いんです。なので何が何でも、合格を掴み取ります。小惑星探査機「はやぶさ」だって、あのイトカワから戻るという快挙を遂げたじゃないですか。きっと、僕にだって奇跡が起きるはず。入試という魔物に勝利してみせます。

あっ、そうだ。以前お話したおじいさんのこと、覚えてますか。朝ドラの主題歌を、橋を渡る時だけ歌う、あのおじいさんです。あのおじいさん、隣町の駅前にある古本屋の店主だったんです。しかもです、その古本屋さん、洋書専門の古本屋さんなんです。店内はジャズがかかってて、朝ドラの「あ」の字もない、オシャレすぎるお店でした。衝撃でした。人生は不思議の宝石箱や～、でした。

前回の手紙は、すみませんでした。
必ず入試には勝利してみせます。だから文通をやめるなんて言わないで下さい。
不安の比重は水より大きいですね。飲み干したつもりでもコップの底に残ります。残滓をかけてしまって羞恥に赤面です。

平成二十二年十一月二十八日　佐藤　巽

追伸
まだ先の話ですが、合格したら下の名前で呼んでほしいです。

『君へ』

師走に入り、いよいよ風が冷たくなってきましたね。街のそこかしこが赤と緑にラッピングされて、光り輝く季節です。なんだか街全体が大きな宝石になったみたいです。

君はどうしているかな。お髭と白シャツがお似合いのやり手なおじいさんがフランチャイズする美味しいチキンを食べるくらいはいいと思いますが、ぜひ勉強に励んで下さい。クリスマスごときで浮かれているようでは、小惑星探査機「はやぶさ」をもってしてもこの街にたどり着くことはできないでしょう。応援しています（とは言え、受験生の君だって、たまには浮かれたい日もあるよね。私にだって、そういう日はあります）。

ちなみに大学という所は、入るまでが大変だと思っていたけれど、入ってからもなかなか大変です。一人で暮らして、バイトして、演劇して、授業出て、課題やって。全部一人で考えて、やりくりする日々は、とんでもない日々ですが、このとんでもなさを、君にも体験してほしいです。

この季節、演劇部の練習で使っていた体育館の寒さが思い出されます。

私はあの寒い体育館と違って、今は冷暖房完備のホールで舞台の稽古をしています。今は年明けの新人公演に向けての稽古中。学園祭の時は照明係だったから、ライトの熱で暖房のありがたみを感じなかったけど、今回は役をもらえました。待ち時間の暖房の温かみを実感します（寒さを感じないほどには、演劇サークルの皆からの熱気はすごいです）。

そうそう。思い出したのですが、君は冬、どてらを着て部活に参加していましたね。どてらを着るんだってところが、まず衝撃でしたが、君ってなんか似合うんだよね、どてら。誰だったかは忘れたけど、どてらを着た君は、セクシーさが通常の倍だって言っていました。倍ってすごいよね。家賃、来月から倍ですって言われたら、私、暴れるもん。

今日、大学の帰りに神社にお参りに行って、絵馬を買って君の合格祈願をしてみました。さすがに時期が時期なだけに、同じ願望の絵馬だらけで誰もが必死なんだと改めて実感しました。絵馬には「手紙の向こうの君が必ず合格しますように」と書きました。

できれば何事もなく、万全の身体で試験に挑めますように。もちろん急な怪我だって他の病気だって、いつ起こるかわからないけれど。

風邪引かないでって、あと一万回は言いたいくらい。

前日の夜しっかり睡眠を取ること、当日の朝はしっかり食べること。試験会場は、高校受験のときとも雰囲気が違います。あの張りつめた空気に覆われる試験会場に入室した時点で、戦闘開始の気分。

文房具に関しても、予備をしっかり持っていってね。慎重な準備は、勝つ為の武器でもあると考えるべき。

合格したらの話。

承知しました。本当に下の名前で呼ぶかどうかはわかりませんが、君がそう思っていることはしかと承知しました。

私は君と同じくらい、君の合格を願っています。

私はどうやら、君と「島」で過ごしたあの緩やかな時間を、また過ごすことを望んでいるようです。同じ気持ちでいてくれたら嬉しいな。

どてらが似合う、君は素敵です。

平成二十二年十二月十日　金澤奈海

『ナミ先輩へ』


こんばんは。メリークリスマスです。

この手紙が届く頃にはメリーもなにもないと思いますが、今、僕がこれを書いている瞬間は、十二月二十四日、クリスマスイブです。さっき、僕はいつもより豪華な晩ご飯（シチューと生クリームたっぷりのケーキ）を食べ、受験生らしからぬほど陽気な気分です。正直、ちょっと浮かれています。駄目ですね。この手紙を書き終わったら、きちんと勉強することにします。

部屋の窓から、お向かいさんの家のイルミネーションが見えます。例年にも増して気合いを入れているようで、とても綺麗です。

お向かいさんのお子さん（年長さんの男の子）はこの、パパとママが休日返上で飾ったイルミネーションが自慢なんです。一度その子に、「見て見て！」と呼び止められ、一つひとつの電飾を説明してもらったことがあります。

家のイルミネーションの光が綺麗なのって、誰かを喜ばせたいという純粋な想いで、飾られているからなのかもしれません。

もうあと一ヶ月もしないうちに、センター試験が始まります。

今年は一月十五日、十六日の二日間です。早すぎますよね。大人になると時間が過ぎるのが早くなると言いますが、これ以上早くなるってちょっと想像できないです。寒さがどんどん厳しくなってきたので、どうしても健康に意識を持っていかれることが多くなってきました。これが気の緩み、集中力の途切れのように感じて、どうにもゆっくりできないような気分です。

先輩は実質二年ぶりのクリスマスでしょうから、はしゃぎすぎていないか勝手に心配しています。

一つ、良い報告があります。これには思わずガッツポーズをしてしまいました。それぐらい嬉しかったです（本当にとても良いことなので、手紙の最後に書くことにします）。

でも、こんなことは僕も考えたくはないのですが、良いことには、悪いことが付きまといます。それは自然の摂理のようなもので、抗えない重力のようなものだと、僕は考えています。地球にいる人間が重力から解放されることはありません。本人が「今日から重力いらないっすわー」ってどれだけ言ったところで、重力は彼を離しません。それが重力です。

だからこそ、努力をしていかなければならないのだろうと、今は思っています。死ぬのが決まっているからと言って、人生に意味がなくなるわけじゃない、ということです。

ごめんなさい。なんだか理屈っぽくなってしまいました。要するに、僕は今まで以上に勉強をしなければならなくて、手紙がほんの少しだけ、遅れてしまうかもしれない、ということをお伝えしたかったんです。

良い報告が書けるように頑張るので、どうか見守っていてください。

絵馬の力、感じてます。

〈良い報告〉

塾でやった模試がA判定でした！

平成二十二年十二月二十四日　佐藤　巽

『きっと今日も戦っている君へ』


あけましておめでとうございます。

そして、遅くなったけどメリークリスマスでした。

君はどんな年末年始を過ごしましたか？　私は人生で初めて年越しを一人で迎えました。家族のいない大晦日はちょっと寂しくて、春からこっちに来て一度も感じたことのなかった、ホームシックってやつになりかけました。なりかけただけで、なってはないですけどね。カップの年越しそばの温もりが慰めてくれたので。七味いっぱいかけたんだよ。美味しかったです。

いよいよあと一週間でセンター試験ですね。次に君がお返事をくれるときは全て結果が出た後なのかと思うと、何を書くか少し迷ってしまいます。

まず、良いことには悪いことが付きまとうという話ですが、それはたしかに同感です。でも逆に言えば、悪いことにも良いことが付きまとうってことだよね。昼が来るのは夜があったからで、夜が来るのは昼があるからです。それは不思議なことではなくて、君の言う通り、単なる重力の問題です。

だから今は、気にしなくていいと思います。

これまで送られてきた巽くんの手紙を読み返しました。君がどれだけ頑張ってきたかも改めて確認できました（A判定、おめでとう！）。

自信を持って、どうか最終日まで無事にやり抜いて。

大丈夫。君は大丈夫です。

君は頑張り屋で、まっすぐで、決して器用ではないけれど、気持ちのいい人です。神様がいるかは分からないけれど、きっと神様が見ていたら、「お、なかなかいい子じゃないか」と言ってくれるくらいにはいい人です。いい人って、とても大事なことだと私は思います。

優しい人、いい人が損する社会だ、なんていい方することがあるけれど、それは嘘です。私はこの世界は、いい人が報われる世界だと信じています。だから、安心して自分の力を発揮して、最後まで頑張って下さい。報告を待っています。

平成二十三年一月七日　金澤奈海

→二十二年って書いてから横棒一本足したの、分かるかな？　バレてニヤッとされたら悔しいので、自分で申告しました。

『受験戦争まっただ中の君へ』

続けてのお手紙お許し下さい。いよいよセンター試験ですね。

大事なこと。もう一度書きます。この先の文の頭に、力を込めて読んでみて。

はやめに夜は、ベッドに入って。目を閉じて横になるだけでも体力は回復できます。タモリさんが言ってました。

やみ雲に、問題を解こうとしないこと。試験の最中、答えに悩むことがあったら、視点を変えてみると、意外な気づきや発見があるかも。

くるしい時こそ、
あドバイスを思い出してね。

いい？　朝もしっかり食事をとってね。

たくさん努力したこと、思い出して。

いつだって、私は君のことを応援してます。

ながＴ場の戦いになるとは思うけれど、集中力を切らさずに頑張ってね。

応援しています。声、届きますように。

平成二十三年一月十三日　　　　金澤奈海

『ナミ先輩へ』


センター試験、自己採点の結果を報告します。

試験自体、模試で何度も経験している時間構成だから、そんなに疲れないだろうと思っていたのですが、達成感や疲労感が想像よりも大きくて驚きました。もう二度と同じ辛さは味わいたくないですね。先輩も去年、そんな感じでしたか？


余談はこれくらいにして。結果を報告します。安心は出来ないけど、安心してください。

合格ラインちょい超えの、ギリギリセーフです。

今回のセンター試験は例年より難化したかもしれないと、帰り道に誰かが言っていました。同感です。難しすぎました。

頑張った割にはあんまりで、正直、残念というのが本音ですが、終わったことなので、うじうじ後悔するのは、やめておこうと思います。

持っている力はちゃんと出せたと思うし、なにより先輩からのアドバイスは凄く役に立ちました。ありがとうございました。

張り切って、二次試験の関門へと進みます。

全ては先輩の応援のおかげです。
声、届きました。本当に、嬉しかったです。はやく……僕も、同じ気持ちです。

平成二十三年一月二十日　佐藤　巽

『第二関門へ進もうとしている君へ』

センター試験ひとまず本当にお疲れ様でした。二次試験まで時間もないと思うけど、今は少し休んで身体と心を労ってあげて下さい。

それと昨日は、お電話ありがとう。

試験会場で並んで座っている人たちの頭が、集中しすぎたせいでマークシートに見えたって話、ちょっと面白かったです。今日、私も講義室の後ろから見渡してみたけど、なるほど、わかる気がしたな。でもマークシートというよりは、服が白と黒の人が続いてたので、オセロみたいだなって思いました。

さて。君の貴重な時間をこれ以上奪うわけにはいきません。ありきたりなことしか言えないけど、二次試験まで本当にあっという間です。残り一ヶ月、気を抜かず、何より風邪をひかないように気を付けて下さい。

二次試験のときはこっちに来るんだよね。試験終わりに会いたいと言ってくれていたけれど、無理はしないで下さいね。こちらの冬は、日本の北に位置するだけあって、「島」よりもずいぶんと寒いですよ。

もちろん、会えるなら私はとても嬉しいです。

筋トレを続けているなら、駅前にはムキムキな君が現れるのでしょうか。どんな君であれ、君は君です。久々に会えること、心から楽しみにしています。

私も、頑張っている君に負けないように、台本(最近は映画やドラマにも興味を持っています。演劇では台本や戯曲、映画では脚本やシナリオ、と呼ぶそうです)に取り組んでいます。

早く書き上げて、君の感想を聞きたいです。君の感想は、とにかくあてになりますので。

そして私は、やっぱり文字を書くことで生きていきたいと、強く思い始めているところです。

平成二十三年一月三十一日　　金澤奈海

『ナミ先輩へ』

びっくりするくらいすぐのお返事、すみません。先輩、呆れてるだろうし、自分でも落ち着きがないとは思うのですが、ちょっと興奮していて。

というのも、つい先程、願書を送りました！

専攻をどこにするか、実は締切（四日の金曜日、午後五時必着でした）のぎりぎりまで迷っていました。

自分の中でずっと、「就職の実績を優先すべき」という考えと、「純粋に心惹かれるところに行きたい」という気持ちがせめぎ合っていて、もう、最後は鉛筆を転がして決めようかなって思ったんです。

でもそのとき、先輩のことを思い出しました。先輩は安定した職業だから国語の先生を目指すわけじゃないよなって、思ったんです。

「私は言葉が好きなんだ。言葉、言葉、言葉」って、先輩が帰り道に言っていたのも思い出しました。

シェイクスピアからソーントン・ワイルダー、別役実まで、演劇部の頃はいろんな劇が話題に出ましたね。演劇には、言葉も身体も美術（舞台装置）もあって。全部そろって一つの劇になるわけですが、先輩はどんなときも言葉に興味を持っていました。そんなふうに、自分の一番深いところから出てくる興味と進路を結びつけるのが自然なんだろうな、と最後は思いました。


願書の「機械知能・航空工学科」にマルをつけて、速達で送りました。ここは、「はやぶさ」のプロジェクトにも関わったところなんです。

たとえ合格しても、志望の航空宇宙コースへ進めるかは分からないです。

でも、なぜか分からないけど、僕はずっとこの「はやぶさ」という小惑星探査機に惹かれていて、だから向いているかどうかも分からないけれど、航空工学の勉強をしてみようと思います。ナミ先輩にとっての「言葉」が、僕にとっては「宇宙」。

そんなふうになったらと。

明日の朝、この手紙を投函したら、二十五日の本番に向けて全力を注ぎます。

その間、手紙を書きたい気持ちは封印します。

当日が近づいたら、会う時間と場所だけ電話で相談させてください。がんばります。

平成二十三年二月三日　佐藤　巽

『君へ』


長かった試験勉強、本当にお疲れ様でした。本当によく頑張りました。

結果がわかるまではいろんなことが心に渦巻いて、ほとんど何も手につかないと思います。

去年の私は少なくともそんな感じでした。

東北の冬は、寒かったでしょう?

本番の日の夜に会った時、すべてをやり切った君は、一番得意だった数学で少し失敗してしまったこと、相当引きずってましたね。同じサークルで機械知能・航空工学科(略すなら「キチコー」かな?)の子に、理系の数学のことちょっと聞いてみたんだけど、最初の十分で解くべき問題を見極めることが大事なのね。残酷だけど、そこでうまく波に乗れるかどうかが明暗を分けるって。

君はそこでつまずいたことばーっかり話してました。会って話したというより、失敗したことをポロポロと聞かされただけ、って感じちゃいました。

あの日の私は、ルックスにつり合わない君の低い声を聞くのを、とても楽しみにしてました。それなのに、君のテンションの低さと話題といったら……!

二次試験は終わった! 巻き戻しは不可能! 過ぎたことにメソメソするなんて、青春の無駄使いだぞ! しゃんとしなさい! 佐藤巽!!

と。本当はその場で言いたかったけど、我慢しました。半年ぶりの再会なのに、ぎこちなくなるのは嫌だったので。

人間は、時間を後に戻すことも、先に進めることもできません。君が航空工学科で沢山勉強して、タイムマシンを作れたら話は別ですが、全ては終わったことで、終わったことに対し、人間はため息をつくことしかできません。

でも、君の人生は続きます。私の人生も続きます。だから顔を上げましょう。

そうだ。顔を上げるついでに、パフェかステーキを食べましょう。パフェとステーキは、人間が神との会議で勝ち得た、生きるための歓びそのものですよ。

知ってましたか？　四百グラムのリブロースステーキを食べて解決しない悩みは、この世にないのです。あまおうパフェを食べても忘れられない苦しみは、この世にありません。

これらもまた重力と同じく、人生の摂理として私たちの人生に組み込まれている約束事なんです。


そうそう。君が私のために持ってきてくれたお土産が、健康祈願の『御守り』だったことに笑ってしまったけれど、それは、あまりにも君らしかったせいです。今でも不意に、私の反応を見た君のキョトン顔を思い出して、全身がくすぐったくなります。

君が心身共にたくましくなるまで、この御守りにしっかり守ってもらいます。

ありがとう。君の素敵さ、純粋さに心救われています。

平成二十三年三月一日　　金澤奈海

追伸
あの夜、一緒に見たあの光は、やっぱりＵＦＯだったと思うな。「どうせ飛行機か何かです」なんて想像力が欠如した決めつけは許しません。あれは断じて飛行機ではないですよ。『アダムスキー型ＵＦＯ』で、一度検索してみてね笑。

『ナミ先輩へ』

お手紙、ありがとうございます。
あと四日で結果が出る緊張からか、書きたいことはたくさんあるのに、うまく文にまとまりません。
また変なことを書いてるぞ、と思われるかもしれません。でも僕は今、少しずつ人生というものがなにかを、掴みかけている感覚があります。

ナミ先輩、人生とはなんて豊かなものでしょう。
目標とか夢とかを持って生きること、
誰かを想って生きること。
そのワクワクが、僕の心と頭の全部を包んでいます。それがたとえ一瞬で過ぎ去る気持ちだとしても、この先何度でも味わうことが出来るのなら。僕はこれからの人生を、大切に生きていこうと、武者震いするのです。

目標があって良かった。

好きな人ができて、良かった。

ナミ先輩が送る大学生活を勝手に想像して、嫉妬してめちゃくちゃしんどい気持ちになったことも。寝不足で通学する朝の絶望も。最後の一人になるまで自習室に残って、部屋を退出する時の妙な寂しさも。制服の、裾の汚れが気になって仕方がなかったことも。

きっと、出会えて良かった感情なんですね。


合格できますように。また、お手紙書きます。

平成二十三年三月五日　　佐藤巽

＊

【投函しなかった手紙】

『ナミ先輩へ』

無事ですか。こちらも結構揺れました。
テレビ見て、先輩に電話したけどつながらなくて、メールも送りましたが、返信がないので心配しています。せめて無事だけでも知らせてほしいです。

そして、ごめんなさい。
もう先輩と会うことはないと思うので、最後の手紙を書いています。
連絡をしなかったから、気付いているとは思いますが。そういうことでした。せっかく応援してもらったのに、本当にごめんなさい。

合格発表を見に行ったら、そのまま先輩に会って、結果を伝えて、どさくさに紛れてハグしてもらおうかな、なんて想像していました。お祝いにリブロースステーキを食べて、デザートにバカデカいパフェを二人で食べて。それでたっぷり胃もたれした次の日は、先輩の家の近くで、僕の住むアパートを一緒に探すの手伝ってもらおうかなって。そんなことまで妄想していました。

でも、どこかでなんとなく気付いていました。想像したような未来は永遠に来ないって。経験上、素敵な未来を想像したときに限って、それは実現しないんです。良いことには、悪いことが付きまとうのです。

二次試験が終わった後、僕が宿泊するビジネスホテルのロビーで、朝が来るまで語り合ったこと、一生忘れません。

ナミ先輩は、まるで朝を探すような後ろ姿で、街に消えて行きました。

それを見つめていた僕に、ふとよぎった悪い予感。
今の僕はただ、

第二章　二〇一六

『金澤奈海様』

手紙ではお久しぶりです。巽です。お元気ですか？

こちらは引越しが無事終わり、一段落ついたところです。荷物が少ないのもあって、気合を入れていた割にあっさり終わってしまいましたが、それでも結構疲れました。引越し先は神奈川県の鎌倉市です。大仏とか、海で有名な、あの鎌倉です。職場近くに1Kを借りました。向こうも良かったですが、こちらも静かでいいところです。

あれから随分経ってしまいました。

荷解きをしていたら、奈海さんからの手紙がたくさん出てきて、読み返していたらこんな時間です（午前二時）。で、懐かしくなって、ついペンを執りました。キッチンに一人用のキャンプテーブルを出してこれを書いています。外はとても寒くて暖房の効きも完璧とは言えませんが、芋焼酎のお湯割りを飲んでいるので何の問題もありません。

この春から、志望していた業界で働くことができそうです。人工衛星のソフト開発です。夢の業界ではあるけれど、ブラックという噂があるので、ほどほどにやりたいと思います。

さて、久しぶりに手紙を書いたのは良いものの、午前二時の思いつきに付き合わせてしまい、申し訳ないという気持ちが勝ってきました。

僕らが手紙を一番やりとりしていたのって、ちょうど震災の手前くらいまででしたよね。当時、僕が受験に失敗して、その直後に震災があって、何もかもがメチャクチャになったような、暗い気持ちで過ごしていました。あのときの記憶は真っ黒に塗りつぶされていてほとんどありません。

もう五年が経ったのですね。長いのか、短いのか。

というか、この手紙は届くのだろうか。奈海さんが今、どこにいるのかわからないので、知っている住所にとりあえず送ります。もう別の人が住んでいるんだろうな。配達ミスでポストに投函されてしまい、住んでいる人が興味本位で開けてしまわないか。

金澤奈海さんじゃない人へ。

もしこの手紙を読んでしまったら、特に気にせずそっと捨ててください。返信しようなんて思わなくて大丈夫です。この手紙はただの酔っ払いが勢いで書いているもので、大した何かではありません。


金澤奈海さんへ。

届いたとしても、返信は不要です。では、また。

平成二十八年三月二十日　佐藤　巽

『佐藤巽様』


こんにちは。

お手紙ではお久しぶりです。

ポストに入っている手紙を見つけて、びっくりしました。転送届を出していたので、ちゃんと金澤奈海さんのもとに届きましたよ。

読んでいたらなんだか楽しかったので、私も飲みながらお返事を書いてみようと思って、仕事帰りに赤ワインを買って、今です（午後十一時）。普段家で飲むことはほとんど無いのですが、グラスに注いで、チーズも食べながら、少しずつ飲んでいます。

希望の職種に就けて、本当に良かったです。君が関西の大学を出て、新卒でベンチャー企業に就職。その会社が半年で潰れたと聞いたときは、心から心配しました。友だちの会社でバイトしながら就職活動をしていると聞いていたけれど、無事内定が出たんですね。おめでとうございます。どうか無理せず、ほどほどに。

そして引越し先、鎌倉だったんですね。鎌倉、知ってますよ。大仏は三百六十五日、野ざらしのストロングスタイルを取っていて、海はサーファーとオシャレカップルに占拠されているあの、鎌倉ですよね。なぜこれだけ知っているかといえば、封筒の住所を読んでみてください。私も神奈川県に住んでいます。同じ県に住むのは、実は高校の時以来ですね。

慣れない土地に暮らすということは、想像よりずっと不安で、大変なことですよね。偶然に偶然が重なり、舞い降りた土地に自分を慣らす作業は、思った以上に骨が折れます。その土地に根を張るまでは、心も身体も弱くなります。大人だから大丈夫だとは思いますが、困ったことがあったり、近くに頼れる人がいなかったら、その時は、遠慮なく連絡してください。高校の先輩として、元彼女として、最善を尽くしたいと思います。

とにもかくにも、ご就職にお引越し、本当におめでとうございます。寒かったら、お酒ばかり飲まずに、生姜湯を飲んだり、どてらでも羽織って下さいね。

平成二十八年三月二十九日　　金澤奈海

『金澤奈海様』

お返事ありがとうございます。いらないと言いつつも、久しぶりのお手紙、嬉しかったです。五年振りの奈海さんの手紙は、あの頃より大人びた文字で少しドキッとしました。昔から綺麗な字でしたが、なんでしょう、大人の色気というのか。何かそういうものを感じました（午後七時。まだ酔っていません）。

先日は勢いということもありますが、学会の記念かなにかでもらった飾り気のないレターセットで送ってしまいました。今日は駅ナカの文房具屋で買った便せんと封筒で書いてみることにします。僕の中では『さわやかレターセット』と呼んでます。

もしよければ、こうやってまた、文通をしませんか？

今の奈海さんに彼氏さんがいらっしゃるのは知っているし、元彼と文通するのはありだろうか、とも思いましたが、手紙という手段にやはり僕は惹かれています。

むかし、手紙にしかない魅力に僕たちは気が付いている、と書きました。あの頃はうまく言語化できなかったのですが、今ならわかります。

手紙は、健康的です。熟考熟慮の上に、文字を書きます。送る際にも、手間とお金が少しかかります。そして、送ってから届くのに、ロスタイムが生まれます。そのロスタイムは、僕らをあらゆる意味で試してきます。本当に送って良かったのか？　慎重に言葉を選んだのか？そうやって僕らの精神は鍛えられ、健康的で文化的なやり取りが可能になるのです。

僕らが付き合っていた頃に送り合ったメールとSNSをためしに見返すと、そういう意味ではどうにも筆が滑っているように思えました。軽い。あまりに軽い。スタンプの絵文字が『OK！』とか言ってる。そんなだから、僕らの関係はへなちょこになったのです（あと、誤字が多いですね。『行きますすね』って僕、何回か送ってました。恥ずかしい）。

そんなわけで、文通再開のお誘いに、りんごジャムを一緒にお送りさせてもらいました。受け取ってください。鎌倉の引越し先のまだピカピカのキッチンでりんごを煮詰めて作りました。きっとあの頃より良い出来上がりになったと思います。

りんごを煮詰めながら、これまでもらってきた手紙のことを考えていたら、レターケースが欲しくなりました。僕にとって大切な宝物の保管場所をちゃんと決めておこうと思ったからです。

ジャムを作り終えてから、近くの雑貨屋を見て回りました。そして、あるお店で引き出しの付いた木製のレターケースを発見し、思わず買ってしまいました。一目惚れというやつです。殺風景だった部屋に宝物の居場所が出来て、満足しています。

これまでの手紙を仕舞ったレターケースには、当時のいろいろな僕も、いろいろな奈海さんもいて、なつかしさがこみ上げて来たと同時に、もしかしたら奈海さんは、この五年間で僕の知らない奈海さんに変わってしまったのではないか、とも思ったりしました。
変わることは悪いことではありません。むしろ、良いことです。でも僕は、試験に落ちたあの日から、少しも変われていない気がしました。むしろとりえのようなものを失ってしまっているんじゃないか。ふと、そう感じたのです。僕は悪い人間です。

ダメですね。やはりしばらく文字を書いていなかったので、精神がへなちょこになっているようです。暗くなってしまいました。
明るい嘘をついて終わりにしたかったのですが、日付が変わってしまったので、嘘もつけなくなってしまいました。ごめんなさい。

ではまた。お返事、待っています。

平成二十八年四月二日　　佐藤　巽

『佐藤巽様』

レターセット素敵です。でも、なによりアダムスキー型ＵＦＯの切手に感動しました。

たしかに、私も手紙は好きですよ。

手紙の魅力に気が付いている私は人生得をしてる、と思えるほどには、手紙が好きです。古臭い考え方かもしれませんが、肉筆には温もりみたいなものがあると思います。

特に、綺麗なだけで機械的に感じてしまうことがある私の字なんかと違って、むしろ、巽くんのちょっと癖の強い文字、いつだってふわふわゆらゆらと波立っているような巽くんの手書きの文字に、私は温もりを感じます。私たちの「島」を取り囲んでいた、あの海を思い出すからです。手書きの言葉は、海のよう。

なので私は「文通すること」それ自体には賛成です。

再開、ぜひお願いします。

私も精神がへなちょこになっている気がしますが、文章は書いていますよ。

実はまた、ずっと書きあぐねていたお芝居の脚本を、書き始めているのです。

とっくに投げ出したと思っていましたか？　ご存じの通り、私はこう見えて、結構執念深いのです。

……と、言ってみたはいいけれど、実を言えば脚本をもう一度書き始めようと思ったのは、渋沢さんの助言があったからです。

渋沢さんは大学でイギリス文学の研究をしていて、一年の半分は海外で生活をしているような人です。私が大学生だった頃、演劇を見に来てくれたことをきっかけに知り合って、仲良くなりました。

「書くことは、奈海のうろを埋めるのに必要なことだよ」と、彼は言ってくれました。

お手紙で書いたことはありませんでしたが、今、私の心の中にはぽっかりと「うろ」があいているようです。「うろ」、知ってますか？　「虚」と書いて、「うろ」と読みます。なんの拍子にできたものかは分からない。

ちょうど、そう、あの震災の後にも同じような経験をしました。

私の住んでいた場所は宮城県の内陸側だったから津波はやって来なかったけれど、ライフラインや物資が安定して供給されるようになるまで、ひと月近く先行きの見えない日々を過ごしました。生きてはいける。家族や友人の無事も確認できた。でも、宙に放り出されたような不安は消えませんでした。

少し離れた海沿いの町ではおびただしい数の人が死んでいて、そんな彼らと私の明確な違いがなんなのか、まるで分かりませんでした。私の目の届かない世界は真っ黒に塗りつぶされて、そこには生きてる人なんて一人もいないように思えました。


どうして脚本を書くことが「うろを埋める」ことに繋がるのか、私にはよく分かりません。でも書いてみると、少しずつ気持ちが安定してきたのを感じます。理由は分からないけど、結果には満足している。そんな感じです。とどのつまり君の言う通り、何かを書くことは精神に良いのかもしれません。

この数年でまた空いてしまった私の「うろ」を、いつか埋めたいと、そう思っています。


君は、自分だけが変化せずに置いていかれているようだ、と書いていましたが、そんなことはないと思いますよ。

きっと、君も私もあの頃とは変わってしまっています。君は大阪で、私は宮城で。違う場所、違う人々、違う学問、お互い交わる時はあれど、それぞれの場所でそれぞれの時間を過ごしてきたのだから。その累積として今の私たちが違うのは、当然のことだと思います。

どうか今の君も、君が過ごした日々も否定しないであげて下さい。かつての君と私の時間も、否定されるようで悲しいです。

ずいぶん年上の彼と付き合っていると、たったひとつしか歳が変わらないのにお姉さん風を吹かしていた昔が、気恥ずかしくなりますね。

今になってみれば、誕生日が数百日違ったところで、そんなのはささやかな季節の移ろい程度の誤差でしかないし、実際、君と付き合っていた頃は、私の方が君を頼っていた気がします。一兆一歳と一兆歳は、もう同級生でした。

平成二十八年四月十日　金澤奈海

追伸
おいしいりんごジャムをありがとう。渋沢さんにも好評でした。

『金澤奈海様』

レターセットを褒められたので、調子に乗ってまた新しく買ってしまいました。どうでしょう。今回のは『かろやかレターセット』と呼んでいます。

社会人になって、僕らはお金を稼ぐようになりました。自由に使って良いとされる数万円について考えると、力が湧いてくるのは僕だけでしょうか。これはなにも、僕がお金大好き、ということを言いたいのではありません。お金の使い道を考える、という新しい遊びが増えた、ということを言いたいのです。新しい遊びのおかげで、僕はさわやかレターセットも、かろやかレターセットも買うことが出来る。なんだったら、大量に買い込むことも出来るし、無くなりそうになるたびに、毎回駅ナカまで出かけることも出来る。ほら、さわやかだし、かろやかでしょ？

社会人になって良かったな、と思います。

なるのに苦戦した分、そう思えるのかもしれません。

鎌倉へ越してきたのには、就職以外に理由があります。

あれは、求職活動に疲れてふらふらと七里ヶ浜の海へ行ったときでした。ちょうど藤沢で面接を受けた帰り。僕は砂浜に座って、夕暮れの江ノ島を見ていました。やがて太陽が地面に潜り込み、空は真っ暗。見上げると満天の星が満月の光に邪魔されて、つまらない夜空になっていました。

そのうち、月に引っ張られた冷たい海水が、パシャパシャとお尻を濡らすようになりました。靴も靴下も鞄も、徐々に塩水を吸って重くなり、腰まで波が来るようになりました。

でもそのときの僕は、立ち上がる気になれなかったんです。

僕は独りで、世間の誰も僕を求めていない。僕がこのまま消えても誰も気にしない。このまま海に包まれても良いとさえ、そのときは思っていました。

これからの人生を考えることが辛すぎて、自然と涙がこぼれてきて、僕は声を上げて泣きじゃくりました。

ふいに肩を叩かれて、顔を上げると、そこには見知らぬ白髪の女性がいました。女性はわざわざ足を濡らしてそばまで来て、そして軽く僕の腕を引き上げてくれたんです。僕の身体は急に軽くなって、自然に立つことができました。

女性は僕の手に無言でハンカチを握らせると、海岸前に駐車していた車に乗り、どこかへ行ってしまいました。僕は急に我に返り、怖くなって、慌ててタクシーで帰りました。その日はずっとドキドキして、次の日も面接があったのに全然眠れませんでした。

今、あのときの女性を探しています。鎌倉市内を歩いていれば、そのうち偶然会える気がして。お礼が言いたい。あのときのハンカチを返したい。もう僕は大丈夫だって、伝えたいと思っています。

突拍子もない話をすみません。
妙に記憶にこびりつく体験というか、現実感が薄いというか、夢で見た感じがするというか。まるで自分が、物語の世界に入り込んでしまった気持ちになったので文字にしてみました。
作家が物語を紡ぐきっかけというのは、こういうことだったりするのかな。

もうすぐ梅雨入りですね。
体調にはお互い気を付けましょう。お元気で。

平成二十八年六月三日　　佐藤　巽

追伸
りんごジャム、気に入っていただけたようで何よりです。

『佐藤巽様』

今回の封筒と便せんも素敵です。深い青と白が、夏らしくて良いなと思いました。最近は雨が多いから、早く梅雨が明けてほしいな。鎌倉の名所には行ったりしましたか？　この時期は紫陽花が綺麗に咲くので、おすすめです。

切手も毎回、見るのが楽しみです。残りが少なくなってきたから、私も郵便局で買ってこようかな。職場の近くの郵便局の窓口に、若い女の子がいるんだけど、今年採用されたみたいで、「研修中」と書かれたプレートをつけているんです。でもとてもしっかりしているし、ハキハキ話してくれるし。

仕事でたまに行くんだけど、私の苗字も覚えてくれて、ちょっと嬉しいんです。

学期末が近づき、忙しくなってきました。今日はこの辺で。

私は、脚本がんばります。ちょっと難航中。巽くんも、元気になると良いな。

お互いの場所で、がんばろうね。

平成二十八年六月十六日　　金澤奈海

『金澤奈海様』

消印の郵便局名を見て、驚きました。
まさか同じ支店から郵便を出していたなんて。週に一度だけ出勤するサテライトオフィス近くです。そういえば「研修中」の元気な女の子がいました。何かを感じてしまうのは、僕だけですよね。ごめんなさい。

仕事が、繁忙期に入りました。
学生の頃と違って、社会人の一日は早い。早すぎる。十八時には家に帰れるから、寝るまでたくさん時間あるな、と思って帰っても、気が付いたら朝になってる。不思議。
手紙、書ける時に書いていきましょう。お互い無理せず、ほどほどに。

平成二十八年六月二十三日　　佐藤　巽

追伸
文通を再開したおかげか、へなちょこの精神が少しずつ強くなってきました。高校生の頃のような、視界がパッと明るくなるあの気持ち、少しずつ取り戻せてきた気がします。

『佐藤巽様』

時間が経つ早さ、わかります。昔は一日が長かったのにね。帰宅して、ご飯を食べながら映画を観ていたら、もう寝る時間になっています。
同僚に薦められて、配信チャンネル（？）に登録しました。知っていますか？　Ｎｅｔｆｌｉｘ。最近公開された映画も、昔の映画も、定額制で見放題なんです。すごい時代ですよね。
渋沢さんは、こんなことでは映画館に誰も行かなくなるな、と言いつつも、私よりもたくさん視聴しています。

面白い脚本を書くためのインプットに力を入れねばと、私はメモを取りながら映画を観ています。
楽しめているかは微妙だけど、学ぶことの多さに楽しさも感じています。

平成二十八年七月一日　　金澤奈海

追伸
今年の梅雨は長いそうです。

『金澤奈海様』

定額の配信サービス、知っています。
僕は断固、反対です。映画は、映画館で観てこそです。
お金を払って大きいスクリーンで見て、帰りにラーメンを食べて帰るあの至福は、配信サービスでは味わえません。僕は絶対、定額の配信サービスには登録しません。鎖国が終わっても、ちょんまげをやめなかった武士の気持ちです。

僕のような人がいる限り、映画館は無くなりません。ご安心ください、と渋沢さんにお伝えください。

奈海さんが、面白い脚本を書くことについては、心から応援しています。

平成二十八年七月三日　　佐藤　巽

『佐藤巽様』

もうすぐ学期末です。ようやく少し、落ち着いてきました。

高校教師三年目にして、念願の演劇部の顧問になることができました。

正確には演劇部、ではなくて演劇同好会。中学から演劇部だった朝比奈さんという子が入ってきて、その子が同級生を二人誘って同好会を作ってくれたのです。

三人とも一年生だし、「先生、三人で劇なんてできるんですか？」って朝比奈さんも言うんだけど、できるよね。私は「その気になれば劇は一人でだってできます」と、威厳をもって答えました。

まだ部室も設備もないし、私たちの時みたいにはいかないかもしれないけど、学校の許可が出たら、秋の文化祭が彼女たちの初舞台になります。みんなに演じる喜びを知ってほしいから、みんなに配役したいと考えています。私が照明と音楽と効果音を一人で全部やったって構いません（男子は大道具係を経験しておいた方が、良いシーシアスになれるかもしれませんけど）。

脚本は、どうしようかな。私が書くと、私の独りよがりになってしまうかな。

いずれにせよ『夏の夜の夢』をするには役者が足りないから、何か三人でもできる劇を考えないといけないのだけど。

すこし熱くなってしまいました。でも、君ならこの気持ちを分かってくれると思ったので書きました。ぜひ君の意見を聞かせてください。

平成二十八年七月六日　　金澤奈海

追伸
映画、よく見に行くのですか？

高校の頃、巽くんに脚本の相談に乗ってもらっていたこと、覚えています。もしよければ、また相談に乗ってください。

配信サービスのこと、渋沢さんに話しました。巽君が、鎖国が終わってもちょんまげを止めない武士ならば、僕はペリーだね、と笑っていました。

文通に拘ったり、配信サービスを嫌ったり。巽君は、この先も時代と逆行し続けてください。


『金澤奈海様』


お元気ですか。

うーん……このペースで手紙を送り合っているわけですから、この書き出しはおかしいのかな。

頻繁に送り合う手紙の冒頭に相応しい、書き出しはなんでしょうね。

手紙の書きすぎでマメでもできそうな、今日この頃……
元気だと思いますが、お元気ですか?
(いまさら) 拝啓
昨夜お元気じゃなくなった可能性もあるので念のため伺います、お元気ですか。
筆まめ☆ちゃんより

……まあ、なんでもいいや。

僕は転職後の試用期間が終わり、わりと忙しい部署に配属されました。

最近、同期の愚痴に付き合って、喫煙所によくいきます。僕の会社は休憩時間も勤怠管理されているので、時間差で席を立って、また時間差で戻ったりして、バレないように必死です。


彼に付き合ったらまた、昔のことを思い出しました。

あの時、先輩に言って無理にやめてもらった煙草のことです。なんて小さなことだったんだろうと、今更になって思います。知らないうちに、先輩が知らない場所へ行ってしまう恐怖がいつもあって、当時十九歳だった僕にはきっと大きなことだったのだと思います。あの時はすみませんでした。今度一本吸ってみようかな、なんて。

そういえば鎌倉の名所に、梅雨入り前に一度だけ行きました。

会社にホラー好きな観月さんという方がいて（歳は同い年ですが、会社では彼女が一年先輩です）、心霊スポットに連れていかれたんです。「小坪トンネル」、先輩はご存知ですか？

心霊スポットなんて全く興味がないので、行きたくなかったのですが、押しの強い彼女に負けた感じです。たぶん二度と行かないと思います。別に怖くはなかったです。

『夏の夜の夢』、懐かしいですね。先輩がものすごく興奮しているのが伝わってきました。（一人だって演劇はできると威厳をもって答えた時には、ハイテンションなＢＧＭが耳の中で鳴ってたでしょ）。

興奮するのもとても分かります。演劇部顧問は、教師を目指すと決めた時の、裏目標でしたもんね。当時先輩が、将来に想い馳せていた姿を思い出しました。

一年生三人からのスタートは大変だと思うけれど、逆にドラマチックで、先輩が率いる演劇部のはじまりに相応しいと思いますよ。

三人の舞台……登場人物が少ないと、一人の台詞が多くなるので、高校一年生にはプレッシャーが大きいでしょうね。元大道具としては、長い台詞の部分は録音にするとか、カンペが使える舞台配置にするとか、そっちの工夫しか思いつかないです。でもまずは、生徒さんたちが何を望んでいるかですね。それに合わせてできることを考えると、良いアイデアが出ると思います。

僕も仕事の愚痴ばかり言ってないで、何か始めないとですね。

多くの人が、夢はおろか、やりたいことさえ見つけられずに、生きているのだと思うようになりました。同期の愚痴に付き合いすぎたのかもしれませんね。

でも結婚したり、子どもができたり、仕事で出世したり。それは素敵なことだけど、それだけではきっと満足できないだろうと。そう、思ってしまうようになりました。

社会人生活、飽きが来るの早すぎ説、浮上中。

良くない傾向である気がします。

夢を見つけている先輩のこと、心から尊敬します。

平成二十八年七月十一日　佐藤　巽

追伸
僕のこと、ペリーは知ってるんですね。
よろしくお伝えください。

『巽くんへ』

久しぶりのお返事となってしまいました。ごめんなさい。
夏、ちゃんと夏らしいことできていますか。
私は全くです。同期の愚痴に付き合ってあげる優しい君に、私の話も聞いてもらえればと思います。

七月に、全校生徒の前で行われる部活動報告会がありました。部員三人が演劇同好会の紹介をしたら、他の生徒たちがクスクス笑い出したんです。最近、文化部の子たちを誇張したモノマネがネットで流行ってるそうで……それに似てたんだって。部員たちもそんな空気になるとは思ってなくて、終わった後、泣き出したり、辞めたいって言い出したりして、大変でした。

みんな本当に良い子たちです。馬鹿にした笑われ方をされる道理なんて全くないから、心底悔しかった。


でもね、一つだけ良いことが。

文化祭での理科室の使用の許可がおりたんです。本当は、体育館やグラウンドに設置される舞台に立たせてあげたくて頑張ったんだけど、それはダメでした（運動部へのひいきがえげつない文化祭担当の先生とのバトル、君にも見て欲しかった（笑））。

演劇をやれる場ができただけでも、嬉しいことだよね。巽くんならそう思ってくれると思います。


そんなバタバタが続いたおかげで、プライベートはめちゃくちゃ。おまけに部屋もごちゃごちゃ。

秋まで時間がないので、気を引き締めて頑張ります。

なにより脚本が、まだ書けていません。部員みんなの為にも、最高の脚本が必要なのに、どうしても筆が進まない。なんだろう、広い海の上に放り出されて、ただあてもなく彷徨っているような感じ。シェイクスピアは助けに来てくれそうにないです。


あの頃は、君の隣で心地よく書いていたなと思います。

不安になると、すぐ君に渡して。君が「面白いです」と言ってくれると、それだけで安心できて、最後まで書き上げることができました。

時には厳しい指摘もあったけど、君のくれる言葉全てが優しくて、この世界の正解、道しるべのように感じていました。

君に頼られているようで、私の方が頼りっぱなしだったんだね、ずっと。


素直に言います。また、君の感想や指摘が欲しいです。

よければ、文化祭の舞台を観に来てくれませんか？

平成二十八年八月十四日　金澤奈海

『奈海さんへ』


返事を書くのに、時間がかかってしまって、ごめんなさい。

すぐに返したかったのですが、うまく自分の気持ちを文字にできなくて、何度も書き直していたら遅くなってしまいました。お酒も三日抜いてるので、今日こそ最後まで書き上げます。

もう一度、レターケースを開けて、先輩からの手紙を読み返しています。当たり前のことですが、僕が書いた手紙はそこに一枚もないので、僕がどんなことを書いたのか、思い出せないことも、たくさんあります。

でも先輩のことなら、いくらでも思い出せます。

先輩に不合格だったことを伝えられなくて、ずっと家にこもりっきりだった時、「会いに行っていい？」と励ましてくれたこと。びっくりするほど大きなスーツケースを持って、関西まで来てくれた時のこと。机の上に出しっぱなしにしていた書きかけの手紙を見て、「文通は一旦中断ね」と言いながら大切そうに持ち帰ってくれた、あの時の先輩の横顔。

そして思い出そうとしても、思い出せないことも。どうして僕たちは別れてしまったのか。

僕はどうしても思い出せない。いつの間にかお互い、連絡を取らなくなって……。

小さい喧嘩なら、たくさんしましたね。覚えています。将来犬を飼いたいか、猫を飼いたいか。意見が分かれた時に、僕が言ってしまった「両方飼えばいいじゃない」に、先輩は悲しそうな顔をして「そういうことじゃない」と呟きました。


せっかくお酒を抜いて書き始めたのに、昔のことを考えていたら缶ビールを二本空けてしまいました。


先輩から届く手紙、開いた時にふわっと、煙草の匂いがします。先輩が吸っているのか、先輩の大切な人が吸っているのかは僕には分かりませんが、僕にはやっぱり、先輩が遠い遠いところにいるように感じます。近くに住んでいるはずなのに、おかしいですね。

先輩に大切な人がいること、分かっています。でも、僕はこうして先輩と文通を続けていきたいです。ずるいのは先輩じゃなくて、僕の方かもしれません。

手紙は健全だなんて言っていましたが、あれは思い違いだったかもしれません。手紙の言葉には温度が宿ります。香りがつきます。全然、健全なんかではないです。

それでも僕は、勇気を出して、手紙を送って、先輩と文通を再開することができて、良かったと思っています。なぜなら、先輩の紡ぐ言葉が好きだからです。その言葉を、温度や香りとともに味わいたいんです。

だから文通をしたいと言ってしまいました。健全ではないですが、後悔はしていません。

話がそれてしまいました。文化祭の演劇のお話をさせて下さい。

先輩が苦しみ、悩み抜いて生み出した脚本、読んでみたいです。そして、その物語を演劇部の生徒さんたちが、舞台上でどんなふうに表現するのか、とても興味があります。

なので、とても歯切れの悪い折衷案なのですが、こんなのはどうでしょう。

僕は明日に迫った文化祭のお芝居を観に行きます。奈海さんの演劇を観ることで、社会人になってから、僕の心のどこかで止まった時計の針を、進めることができるような気がしています。

でも、奈海さんには会わない。舞台の感想や脚本のことは、このお手紙の中でやり取りすることにして、直接会って、話すことはしない。

いかがでしょうか。

お返事、お待ちしています。

平成二十八年十月一日　佐藤　巽

＊

【投函しなかった手紙】

『金澤奈海様』

お返事をいただけなかったこと、そしてぎこちない再会になってしまったこと、とても悔やんでいます。

前の手紙では、直接会うつもりがないと、冷静を装って書いていましたが、本当は舞い上がっていました。

会わないとしても、校内に奈海さんがいるのは間違いないだろうし、実際に会ってしまったらどうしようと思っていたんです。

奈海さんと会うのが嫌なわけではありませんでした。でも、まだ会うべきタイミングではないと、ただそれだけは、明確に感じていたんです。何を話せばいいのかという漠然とした思いが、こちらをじっと見つめてくるのです。想像上の未来の僕は、言葉に詰まっていました。

校門の脇に立っていた僕の隣を、冷蔵庫（その時は大道具だと思いませんでした）を運んでいた奈海さん。「あ、奈海さん」と、思わず声をかけてしまった僕の顔はどれだけマヌケでしたか？

思わず話しかけてしまったことで、なにかが吹っ切れたのか、たくさんの質問が頭に浮かびました。学校のこと、演劇のこと、奈海さんのこと、渋沢さんのこと。口には出さなかったのに、奈海さんはそんな僕の気持ちを読み取ったのかもしれません。わざと目をそらされたと気が付いたのは、だいぶ後のことでした。

僕は冷静さを失っていたのです。

会場は満員でしたね。中に入れずに、人の多さにびっくりしながら帰る人もいました（演劇をするには、理科室は狭すぎるという説も）。

お芝居、素敵でした。ジャンルはＳＦでしたが、なんてことない日常をしっかり描くそのバランスが心地よく、どこまでが奈海さんの実体験なんだろうと思いながら見ていました。

すると舞台上で爆発音が鳴って、ハッと気づいたら冷蔵庫（タイムマシンでしたね）から奈海さんが現れるシーン。役者もしてるなんて思ってもいなかったのでびっくりしたのですが、その驚きで気持ちが切り替わったのか、そこからはお芝居に集中することができました。

みんな熱狂していました。役者もスタッフも保護者も。きっと渋沢さんも。

煙草をやめろって彼氏に言われたと愚痴をこぼすシーン、ウケてましたね。ウケて良かったなと思いました。

帰り際、人ごみの中で誰かと話してる奈海さんを見かけました。相手の顔は見えなかった、いや見れませんでした。笑顔で話していた奈海さんの顔が忘れられません。

劇中に、台詞がありましたね。本当にそうだと思いました。今も頭の中に浮かんでくるので、声に出してみました。文字で書いてみました。それしかない、そう思っています。

「この負のループを終わらせないと」

やっぱりあなたは、ずっと前に進んでいる。

僕だけが、あの頃に取り残されている。

おまけに、たとえ僕が進んだとしても、その先にあなたはいない。僕とあなたは、そもそも違う世界線の住人で、たまたま部活が一緒だっただけ、たまたま少しの時間付き合っただけ。

そう、はっきりと気が付いてしまいました。それはもう人生が、変わるくらいに。
はっきりと。

＊

『金澤奈海様』

先月、白紙の便せんを送ってすみませんでした。色々なことを想像したかもしれません。決して意味は無いです。本当です。忘れて下さい。

そういえば昨日、初めてM—1という漫才の番組を見ました。中でも銀チャリという青いスーツを着たコンビが好きだなぁと思って見ていたら優勝しました。一生分の想いを賭けて夢を実現させようとする姿に、笑いたくて見たはずなのに少し泣いてしまいました。演劇もいいですが、漫才も素敵ですね。

僕も何か、先輩にとっての脚本のようなものを見つけて頑張ろうと思いました（漫才師ではないですよ）。

奈海さんのお芝居、とっても素敵でした。

「時間は僕らを嘲笑う。だから早く、この負のループを終わらせないと」

今でもあの台詞が、僕の頭の中をぐるぐるとループしています。

時間は傷ついた人にとって、いつだって癒やしそのものであり、そっと寄り添い続けてくれる優しいものだと思っていました。でも、ちっとも優しいものではないんですね。

時間は、ただの時間。別に何もしてくれません。時間はただ、人間たちのやり取りをお芝居でも観るように観察しているだけ。

先輩の舞台には、先輩の強い意志を感じたのです。過去を忘れて、未来に進もうとする意志。

それは、これまでの僕に、一番欠けていたもの。


そういえば、ループで思い出しましたが『君の名は。』ご覧になりましたか?

僕はもう三回観てしまいました。

最初はホラー好きの観月さんに誘われてなんとなく観に行ったのですが、気がつけば自分がハマってしまい、三回目は自分から誘っていました。フィクションだと分かっていたとしても、やはり運命の出会いには憧れてしまいます。

では。
先輩もお元気で。

平成二十八年十二月六日　　佐藤　巽

＊

【投函しなかった手紙】

『佐藤巽様』

不意打ちの再会のあとで、十月一日付の手紙が届きました。そして次は白紙の便せんが一枚だけ。文通をやめたいという、お知らせなのかと思いました。それなら仕方ないな、と思っていたらまた手紙が来たので、正直少し、困惑しています。
それにＳＮＳのアカウント、全部消してたね。ちょっと心配しています。このまま終わってしまうのかな。それならそれでいいのだけど。

時間は優しくない。何もしてくれない。その通りだと思います。現実には冷蔵庫に入ったところで、時間なんて巻き戻せない。でも私は、君と恋をしたことに一切の後悔はないし、あの日々に今も感謝しています。

震災のショックから立ち直れたのは、間違いなく君のおかげです。努力も未来も信じられなくなって、演劇サークルをやめてしまった頃。スーツケース一つであなたの所に転がり込んで、ひたすら泣き続けました。今思えば本当に幼いし、恥ずかしいことをしたと思うけれど、あの時、君がきつく抱きしめてくれたおかげで、持ち堪えることが出来ました。

一緒にいられるなら自分の夢とか生活がどうでもよくなったのは君だけだったし、バスの中で口づけをしたのも君だけ、あんな恥ずかしいことを自分からしたのも、君だけ。

そして、吐くくらい何日間も泣いて過ごしたり、食べられなくなって痩せたり、授業に出られなくなったり、死にたくなったり、そんな自分の姿を見せられたのは君だけ。

前の手紙にあった「別れた理由」。犬か猫かで、確かに喧嘩したね。懐かしい。

私は、よく覚えています。お父さんのいるアメリカの大学へ半年間留学する、と君から電話が来たときのこと。そっけない返事しか出来なかった。そしてあの半年間、君は平気そうに見えた。私の思い込みかもしれない。私も、さびしいと素直に言えなかったから。君こそ、私を冷たい人だと思ってたのかもしれない。

言葉にするのは難しいのに、言葉にしないとわからないことばっかりだね。

そんな頃、渋沢さんが会いに来てくれて、やっと演劇サークルに戻れたんだけど……やっぱりこの話はやめておきます。

お互いにとって毒になるような文通なら、もう――

追伸
脚本って、ト書きは事実を書くしかないけど、セリフではいくらでも嘘がつけるよね。「このまま終わってしまうのかな。それならそれでいいのだけど」ってのは私のセリフです。

第三章　二〇一七——二〇一九

『佐藤巽様』


お久しぶりです。

忙しくしているうちに、ひとつ季節が過ぎてしまいました。

元気にしていますか？

私はというと。受け持っていた生徒たちが卒業して、立派になったなと嬉しくもありつつ、寂しさも感じながら日々を元気に過ごしています。近ごろは寒さも緩んできて、春の足音が聞こえるようです。


春と言えば桜ですが、桜の蕾はまだ固くて、開花はもう少し先になりそうですね。

そういえば昨日、私も久しぶりに映画を観に行きました。動物だけが暮らす世界が舞台で、借金だらけの落ちぶれた劇場を立て直そうと支配人がオーディションを開催するんです。一癖も二癖もある個性的な動物たちが自分の夢を叶えるためにそのオーディションに参加するお話です。知っていますか？

アニメーションには全く興味がなかったんだけどね。海外のヒット曲もたくさん使われていて、絶対楽しめるよって力説する生徒に連れられたのです。が、まさに百聞は一見にしかず、ってやつでした。最初はライバルだった相手と、いつしか一丸となって困難を乗り越えていく姿に、思わず泣いてしまいました。あまりにもまっすぐで照れ臭いくらいなんだけど、そういうのはやっぱり感動しますね。

映画を観て泣くなんて初めてでした。少し涙もろくなったのかもしれません。いくつになっても新しい世界を知るということは嬉しいものです。

同じことの繰り返しの毎日はモノクロだけど、新しい世界はそこに鮮やかな色を足してくれる気がします。

映画は映画館で観てこそ、と言っていた巽くんのことも思い出しました。

四月になれば高校に新一年生が入学してくるから、演劇「部」に昇格して部室をゲットできるよう、同好会への勧誘も頑張らないと、と思います。

平成二十九年三月二十日　　金澤奈海

【宛先不明で戻ってきた手紙】

『佐藤巽様』

日差しの強さが増していくばかりですが、体調お変わりありませんか？　こちらは、新学期からのバタバタで忙しい日々を過ごしていますが、五月病になることもなく、元気にやっています。

巽くんはいかがですか？

「便りのないのは良い便り」なんていうので、特にお変わりなく過ごされていることと思います。

この春、演劇同好会の「部」への昇格が叶いました。

部活動紹介での部長のスピーチが好評だったみたいで、今年、五人の新入部員が入ってきてくれたんです。ようやく、演劇部の成立です。久しぶりに、晴れやかな気持ちの新学期でした。

ゴールデンウィークは、地元に帰省しました。

寄稿していた部誌を取りに学校にも行きましたよ。私が教師になったと話すと、お世話になった先生みんな喜んでくれました。

そうしたら職員室前で、誰に会ったと思う？　大阪から転校してきて、半年だけ演劇部にいた山本くん。覚えてますか？

教育関係の出版社に就職して、たまたま出張してたそうです。「自分なんでこんなとこおるん、ひっさしぶりやなー！」って舞台俳優ばりの大きな声だったけど、彼は確か照明係だったよね。昔は彼のこと、ずっと喋り続ける一人漫才師みたいな人だって思ってたけど、今の彼はそれプラスなかなかの聞き上手で、色々と話しちゃいました。引き出すのがうまくて、さすが営業マンって感じ。

そのうち、山本くんに言われたんです。

「自分、なーんにも変わらんなあ」

ストンと体の力が抜けてしまいました。久しぶりに会う相手にそんなことを言われてしまうなんて、悔しいはずが、まさかの図星。

彼の言うとおりだと思った。私はずっとおんなじところをまわってる。

高校の先生になれたし、演劇部の顧問にもなれた。でもまだ、いちばん大きな夢が叶ってない。演劇のプロになるって夢。脚本家、演出家になるという夢。

覚えてくれているかな。

高校最後の文化祭で『夏の夜の夢』をやった後、勢いで君にしがみついて「演劇のプロに絶対なる！」って口走ったこと。あれは勢いだけじゃなかったんです。山本くんに会って、大事にしていた初心を思い出しました。君がずっと応援してくれていたことも。忘れてたわけじゃないけれど、どこかに埋もれてしまっていたようです。


正直、プロへの道は遠く感じます。

脚本の一本、満足に書く時間がとれません。脚本を書きたいなんて夢、なんで持ってしまったんだろうと自分を責めたりもします。

巽くんは、「負のループ」から私が抜け出ていないと思いますか？

……って、どうして私は巽くんにあれこれ質問したくなるんだろう？　ドンピシャな答えが返ってきたことなんかほとんどないのに（ここ、笑うところです）。

思っていた以上に、私は君に頼りたいのかもしれません。

ゴールデンウィークの終わり、みずがめ座エータ流星群を見る機会がありました。

星を見ようと空を見上げたのなんて、考えてみれば久しぶりでした。星の光が地上に届くまでの時間と、距離を考えると、人の一生なんて、本当にあっという間なんだなって、改めて思いました。

だから、やっぱり巽くんと私の年の差なんて、あってないようなものです。学生時代の私の負けです。

平成二十九年五月十四日　金澤奈海

＊

『金澤奈海様』

お元気ですか？

久しぶりに手紙を書きます。

最近外を歩いているとキンモクセイのいい香りがしてきて、もうこんな季節なんだと気付かされました。時の流れは本当にあっという間です。

僕は大阪に引っ越しました。


会社で新支社を大阪に作ることが今年の春に決まり、立ち上げメンバーとして選ばれてしまったのです。就職してから、多少なりとも責任ある仕事を任せられたのは初めてで、しばらくは気が張っていました。

気付けばもう十月なのですが……、新しい生活にもすっかり慣れて、ようやく最近は落ち着いてきました。

奈海先輩は演劇部、楽しく活動出来ていますか？


さて、今日はあるお話を伝えたくて、筆を執りました。

引っ越して少し経った頃、大学の同級生から久しぶりの連絡を受けました。彼はバイトをしながら漫画家になることを目指していましたが芽が出ず、もう諦めようとしていたと聞いていました。

僕が近くに引っ越してきたと知り、彼はファミレスに呼び出したそうです。

何を言われるのだろうかと身構えていると、彼は「次の作品を最後の挑戦にするので、ストーリーラインを考えるのを手伝って欲しい」と言ってきたんです。びっくりしました。

もともと仲も良かったですし……面白そうだったので、何日か付き合いました。

すると、なんとその漫画が、ある月刊誌の新人賞で入選してしまったのです（そんなに有名な雑誌じゃないですけど）。

受賞作が掲載された雑誌を買って読んでみて、とても不思議な気持ちになりました。彼と僕がファミレスで夜遅くまで冗談混じりで面白おかしく考えたストーリーや人物が、よそゆきに変身していたのです。気が付けば、夢中になって読んでいました。

その後、彼には出版社から新作読み切りの依頼が来たそうです。夢を叶えるって凄いことだ、と僕は改めて強く感動しました。

僕は夢を持たない子供でした。友だちの皆が野球選手になりたい！　サッカー選手になりたい！　宇宙飛行士になりたい！　と話している時、僕はいつも、ササクレを剥いていました。

「どうせ叶わない夢など描く必要すらない」と思っていたからです。

嫌な子供だったと思います。

でも、そう思えてならなかった。大人たちは僕たちに目線を合わせ、「君の夢は何？」なんて言っていましたが、その大人たちが夢を叶えているとは思えなかった。ひどく退屈そうに見えた。

彼らはただ、夢を抱かせ、それをくじくことによって社会を理解させようとしているように、感じていたんです（繰り返します、嫌な子供でした）。

そんな僕に生まれて初めて夢ができたのは、先輩と歩いた帰り道、先輩にとって高校最後の公演が終わった日の帰り道のことでした。

僕たちは、いつもの海辺の道を歩いていました。

「いつか、ここから見える景色を舞台に、台本を書きたいな」

先輩は立ち止まって言いました。先輩の視線の先には、潮が満ちてもうすぐ消えてしまいそうな小高い岩場、そして空との境界線が夕日でにじむ灰暗い海がありました。

僕は言いました。

「こんな暗い景色を描いて、何になるんですか？」

でも、本当は僕もあの時、同じことを考えていました。この景色を物語にしたい、と。

あの頃の僕は、先輩みたいに文章を書く能力も行動力もなくて、口には出せなかったけれど、いつかここを舞台にした物語を書きたいと、漠然と、でも確かに思ったのです。

あの時感じた「物語りたい」という想いは、ずっと残り続け、浮いたり、沈んだりはあったけれど、消えることなく今も残っています。

あの帰り道以来、僕は、ササクレを剝くのをやめました。

漫画家への道を歩み出した友人に、これからも一緒に話を考えてもらえないかと、頼まれました。

僕はその日の夜、あの景色を思い出して、「こんな物語はどうだろうか」と思いつくままにノートに書き込みました。脚本とも言えない、まだ落書きみたいなものです。

最近は仕事から帰ると、近くのファミレスに出向いては彼と日付が変わるまで、ストーリーを考える毎日です。ノートにかじりつき、ああでもない、こうでもないと思考の海を泳ぎ続けています。

今考えているのは……

僕たちが生まれ育った街の海辺が舞台。

夏には海水浴の人で賑わうけれど、普段は人気のない静かな海。

満月の綺麗なある夜、その街の男子高校生は潮が満ちて海に沈んだ「島」の上に佇む白く光る人影を見つけます。次の日も気になって同じ場所に行くと、そこには昨日の人影はない。諦めて帰ろうときびすを返すと、同い年くらいの女の子が同じように海を見つめている。二人はそこで出逢い、昨日見た白い影の正体を探していく……。

面白くなりそうですかね？

先輩の書いた脚本も読んでみたいです。高校の頃、最後の公演後に「演劇のプロになる」と言った先輩。

先輩はあの夢をまだ追い続けていますか？

平成二十九年九月十日　佐藤　巽

追伸

もうすぐ文化祭ですね。今年も先輩が脚本を書くんでしょうか。

大阪の地から、成功を祈っています。

『佐藤巽様』


お久しぶりです。お返事が遅れてしまいました。元気でしたか？

高校の文化祭の季節がやってきて、あわただしい毎日を過ごしています。今年は脚本をやってみたい、という子が出てきたので、基本的にはその子に任せています。もちろんサポートしながら、ではありますが。


ご友人の新人賞受賞、おめでとうございます。

いくら自分で「いい作品ができた」と思ったって、賞に応募したって、出版社に持ち込んだって、箸にも棒にもひっかからないのが普通です。誰かの目に留まるということは、本当に難しいことだと思います。素晴らしいよ、本当に凄い。

私もプロを目指すため、ここ最近は公募に絞って、脚本を書いています。が、なかなかうまく筆が乗りません。少し疲れてる……のかもです。

海辺を歩いた日々のことは、私も覚えていますよ。そして景色を見て、台本を書きたいと思った日のことも。

見慣れた海のはずなのに、あの日の海は特別に綺麗でした。銀色の弓のような三日月が薄暗い群青の空にかかっていたけれど、空と海の際から煌々と指す光。茜さす鮮やかな夕暮れの空とはまた違うんだよね。あの時間が、あの光が、私は好きなのかもしれないです。

でも、物語にはできませんでした。それに正直に言うと、巽くんに言われるまで忘れていたくらい。

美しい景色を見てなにかを感じても、それをうまく言い表せなかったり、忘れてしまうのなら、生きてる意味や味わいってずいぶん減ってしまう気がします。

特に創作者にとってはね。

巽くんは、きっと創作に向いているのだろうと思います。

平成二十九年九月二十六日　　金澤奈海

『金澤奈海様』

この手紙は、会社帰りに駅の近くのカフェで書いています。

僕は普段、徒歩通勤なのですが、人の流れに乗って、駅まで来てみました。運よく外が見える席が空いていたのでそこに座りましたが、参りました。イスが硬すぎる。最近、肩こりに悩み始めまして。大人になるって良いことばかりじゃないですね。

今日は、部長の声かけで社内の大掃除をしました。

小中高の頃って、当番制とはいえ毎日掃除してましたよね。今から考えると、掃除のし過ぎではないかと思うのですが。大人になると、毎日は掃除しませんよね。

そんなわけで、簡単な掃除でいいだろう思っていたのですが、部長が張り切ってしまって……綺麗にはなりましたが、筋肉痛になりそうです。運動不足ですね。

家に帰ると、食事もそこそこに、スケッチブックにストーリーのアイデアを書き出す毎日が続いています。以前は、ふつうのA4のノートを使っていたのですが、文字の大きさやスペースにこだわらずに書けるので、スケッチブックの方が僕には合っているようです。

新人賞を獲った例の大学の同級生、中山（名前、お伝えしていなかったですね）は、僕が先輩に手紙を書いた直後に上京しました。決断してから行動するまでがあっという間で、少年漫画の主人公のようでした。今はメッセージアプリでアイデアを送りあったり、通話したりしながら、頑張っているところです。

今年の文化祭はいかがでしたか？

先輩のことだから、きっと、大成功だったんだろうなと思っています。

平成二十九年十月十日　佐藤　巽

『佐藤巽様』

もう先月のことですが、文化祭は無事終わりました。

サポートに徹した今年ですが、昨年と変わらず成功したのを見てホッとした反面、いよいよ自分のやるべきことに集中しろと言われたようで、焦りも感じました。

私は脚本家、君は漫画の原作。回り道もしたけれど、実は私たち、同じ場所、あの「島」から、「物語をつくる」という同じ夢に向かって歩いていたんですね。

今はずいぶん、君の背中が遠く見えてしまいますが。

私は、君が羨ましいです。それは、協力した漫画が新人賞を獲ったからではなく、君が物語ることを楽しいことだと思えているからです。

いつからだろう。書き始めることが怖い、書き進めることが怖い、書き終えることが怖いと感じるようになってしまったんだよね。

高校、大学の頃は、なにも気にせず書けていました。誰の目も気にせず、自分の思うがまま書いてた。ちょっと下手くそだなって後から読み返して反省しても、成長していく過程でこういう部分も直っていくだろうって、深く考えもせず、ただ書き進めていました。

大学の頃、公演を見に来てくれた文学部の教授に「よく書き切った。脚本を書き切るだけでも凄いんだよ」って褒められたんだよね。

当時は、書き切るなんて簡単でしょ、問題はそこからじゃん。と思っていたので、「この人、何言ってんの?」って思ったんだけど、今はよくわかる。

ちょっとは大人になって、社会の厳しさから、恋も愛も少しは知って（君が教えてくれて）、私はその一つひとつにヒリヒリとなにかを感じ、哀しくなったり、楽しくなったりすることができるようになりました。

その一つひとつを私は覚えてるし、それらは今も温度を持っています。その温度が、私の書きたい気持ちに火をつけてくれます。

でも、実際に書こうと思ったその瞬間、立ち止まってしまうんだ。怖くなるんです。

この言い得ぬ感情を物語にしたとき、それは読み手に伝わるのだろうか。いいえ、もっといえば、その感情を物語にした瞬間、どこにでもある陳腐でくだらない、どうしようもないものになってはいないか。

私の内面が受け止めた数々のきらめきを、作家の私が殺してしまうのではないかって。

暗くなっちゃってごめんなさい。良いこともありました。

昨日ボーナスで、ちょっと良いソファーを買ったんです（この手紙はそこで書いてます）。

ソファーって高いんだよ。ソファーを買えた私は大人です。大の大人です。エヘン。

君の新作が読める日を、心から楽しみにしています。寒くなってきたけど、身体に気を付けて下さいね。

平成二十九年十一月十五日　　金澤奈海

『金澤奈海様』


お元気ですか？

お返事を書くのに、時間がかかってしまいました。

中山との共同作業は、続いています。

ふたりで考えていると、展開に詰まってしまうこともあります。出版社の編集者さんからもアドバイスはもらえるのですが、何かが足りないと感じることがあって。

漫画のストーリーを考えるのに煮詰まった時にハウツー本を読み漁ったんですが、いまいちピンときませんでした。本に書かれた正解の通りにやれば面白くなれるのなら、全員プロになれますよね。でもそうじゃない。面白いって何だろう、プロとアマチュアの違いはどこにあるんだろうって。

近くにいるプロということで、中山の作品を分析してみました。すると無駄な飾りがないことがわかりました。

人に見られることを意識すると、つい自分を飾ってしまいます。漫画のストーリーも同じで、感動させたい、かっこいいセリフを入れたいと思えば思うほど、僕は言葉を飾ってしまうんです。

でも中山の作品の登場人物たちは、読者がいることなんて知らず、自分の意志で言葉を話しているように感じました。フィクションであっても、そこに込められた感情が作り物ではないから、心を揺さぶられるんだと思います。プロとアマチュアの違いは、そこにあるんだろうなと。

道は遠いです。僕はすぐに、飾ってしまうから。

受験生時代に先輩が手紙で「視点を変えてみるのはどうか」と言ってくれたことを時折、思い出します。当時は、先輩の隣に行きたくて突っ走るだけだったけれど、今は理解できます。視点を変えるって大切ですね。

ひとつの物事には、何通りでも見方がある。見上げる場所によって、空の見え方は確かに違いました。


今年がもうすぐ終わりますね。

会社員と漫画家の二足のわらじ生活、それ自体は、どちらかというと順調だと思います。

年末は温泉にでも行って、一人ぼんやりしようかなと思っています。

平成二十九年十二月二十九日　佐藤　巽

『金澤奈海様』


お元気ですか？

便りがないのは、なんとやらですね。

こっそり見た先輩のＳＮＳでは、演劇部の新規公演のお知らせが更新されていたので、きっと奈海先輩も仕事がお忙しいのだと思います。

返信がない中、図々しくも今回こうして筆を執ったのは、ご報告があるからです。

今月発売の漫画雑誌に、友人と共同制作した漫画が掲載されることになりました。まだ連載ではなく、読み切りなんですけどね。

でも、これが好評なら連載枠の会議に回してくれると、担当編集が言ってくれて、今は連載用のストーリーを煮詰めている最中です。

読み切りだと起承転結がはっきりしていて、僕もストーリーを考えやすいのですが、連載はまた勝手が違って難しいです。でも今はそれが楽しくて仕方ないです。

僕の、僕らの作ったものが多くの人の目にとまって、誰かの心を動かす日が来るなんて、昔の自分は想像すらしなかったな……。


雑誌の名前をお伝えしていませんでした。

僕らの作品が掲載されるのは、月刊ナイト七月号です。しかもセンターカラーなので、どんな仕上がりになっているのか今からドキドキしています。奈海先輩には馴染みのない雑誌でしょうが、良ければ感想を聞かせていただけたら嬉しいです。

平成三十年六月十五日　　佐藤　巽

＊

【金澤奈海の創作ノートより】

・入れたいフレーズ・状況

ビルの向こうからぼうっと染み込んできた薄明が、切り取るような光となって、窓から容赦なく差し込んでくる。赤く腫れた目には眩しすぎる。割れた食器も、空にしたワインボトルもまだ片付けていないのに。

コーヒーもすっかり冷めてしまった。ミルク無し。

冷めたブラックコーヒーが主人公にはお似合い。

君と会う時、いつもホットコーヒーだったことを思い出す。

君の隣でカップにひとさしのミルクが渦巻く。あの瞬間が幸せ（昔は幸せだった）。

そしてお気に入りのカフェのあと、海でデート。いつもの定番だった。

流木でスススと、君は砂浜に文字を書いた。押し寄せる波に負けないように、強くクッキリと。渡された流木を持ったまま、私は何も描けなかった。

・思うこと

肝心な時に、何も描けない。

目に見えるものをスラスラと言葉にできたあの頃とは違い、今では上手くいかない。これまで好んでいた表現が嫌になって、会いたくなった時にその人はいない。

並木道を駆けていく子供たちのはしゃぎ声が、グラウンドから響く高校生たちの部活の声が、私の孤独を駆り立てる。

・決めたこと

君との思い出を、脚本に書く。とにかく、思い切ろう。

＊

『金澤奈海様』

漫画の連載、決まりました。

少しでも早くこのことを伝えたくて、返事がないのにまた手紙を書いてしまっています。

月刊連載は思っていたよりも過酷で、毎日ウンウン唸りながら、時に一人叫びながらスケッチブックに向かっています。中山はそんな僕に「お前はやれば出来る、最後は根性！」と、さながら少年漫画の主人公のようなセリフを浴びせてきます。根性論なんて大嫌いだったのだけど、あながち間違ってないように感じてしまいます。

以前の手紙で先輩は、「書くことが怖い」と書いていました。

それは表現者として、当然のことだと思いますよ。僕も自分の中から物語を生み出すことは怖いです。キラキラした感情や思い出だけじゃない。ドロドロとした、黒くて醜い「何か」とも、向き合わないといけないから。

でも同時にこうも思うんです。暗くて何も見えない夜の海を、それでも見ようとするその勇気は、とても美しいと。

手の届かない存在だった先輩が、今は広い海を前に怯えている小さな少女に思える。なんて言ったら怒るでしょうか。

平成三十年八月一日　　佐藤　巽

追伸
中山に、古今東西の名作をたくさん見て、お話のパターンを頭にインプットしてほしいと言われ、遂に動画配信サービスに登録しました。月額千円、安い。
明治時代の元侍は、こうして文明開化に慣れていったのでしょう。
今となっては、開国に感謝です。

＊

神奈川県立北高校
文化祭　演劇部定期公演
『レターセット』　十月七日　本校体育館にて
作　金澤奈海（演劇部顧問）　　演出　夢野さくら（部長）

＊

『佐藤巽様』


しばらく返事を送っていなくてごめんなさい。

仕事のこと、脚本のこと、色々あって落ち着かず、ペンをとることもできないままいました。


今は広い海を前に怯えている小さな少女に思える——

物語を前にした私は、まさにそんな気持ちです。少女と言えるかどうかはわからないけど。

昔のことを思い出しました。夏のビーチで迷子になっていた女の子を、きらきら星を口ずさみながら励まして、一緒に両親を探したこと。


近況報告です。

脚本のコンクールで一次選考は通ったけれど、二次で落ちてしまいました。

何年か前に文化祭で書いた脚本を読み返したりしました。自分で書いた脚本なのに今の自分が励まされています。

また演劇部内で、ＳＮＳを使った陰湿ないじめがあったことが発覚しました。一人だけグループに入れないとか、非公開のアカウントで悪口を書くとか。スマホで簡単に文字を打てるからこそ、起こったことのように思えます。悲しいです。

私たちが時代に逆行しているというよりは、時代がどんどんおかしな方に行ってるのかもしれない、と思います。

迷子の日々ではありますが、私は大丈夫です。


月刊連載デビューおめでとうございます。すごく嬉しかった。

月刊ナイトに掲載された読み切りの話も読みました。電子書籍で購読することが多くなっていた私でしたが、本屋に足を運び、実際に雑誌を手に取りました。

最初は驚きました。名前が違ったから。知っている名前がなかったことで、逆に初めて、『巽』という名前を強く意識したかもしれません。ペンネーム、巽壮太さん。

連載、きっと忙しいことと思います。

本当に大変だとは思うけど、これからも私の部屋の本棚に月刊ナイトが増えていくことを願っています。

いつかもっと有名になった時、自慢させてください。この人、私の元彼なんだって。

平成三十年九月三日　　金澤奈海

追伸
月刊ナイトは『ｎｉｇｈｔ（夜）』ではなく『ｋｎｉｇｈｔ（騎士）』が由来なんですね。女の子の肌色ページが多めだったので、ナイトは夜だと勘違いしてました。

『金澤奈海様』

お元気ですか？　手紙、ありがとうございます。
最近は郵便受けを開けてもチラシばかりの日が多くて、開ける、掴む、捨てる、が自動化されていたので、危うく捨ててしまうところでした。
演劇部のこと、残念ですね。世の中どんどん便利になっていきます。素直にとても良いことだし、その便利の良いところだけ、享受していけばいいのにと思います。

仕事との両立を頑張る日々が続きます。

基本的には、中山と一緒にストーリー（脚本）を考えながら、時間の許す限り作画も手伝ってます。絵のほうは、要はアシスタントですね。彼に言われるままに、ベタを塗ったり線を引いたりしてます。原稿を郵送でやり取りするのはさすがに手間に感じるようになってきたので、いよいよ会社を辞めるべきだという風に思っています。

それに寝る時間が少なくて。中山に相談したら「会社辞めてこれ一本で食う覚悟しろ！　根性出せ、根性！」と即答されてしまいました。一瞬、イラっとしたけど、当の中山も睡眠を削って作業していますし、彼のことを悪く言えません。連名ですけれど、僕の責任は薄く、基本的には彼のやりたいことが軸になってます。

彼は、思い立ったらすぐ、の人間です。そういう所が頼もしいというか、羨ましいというか。

かなり影響も受けた気がします。

今は若干、会社を辞める方に傾いています。

自分のことばかりですみません。

というか、自分の人生なのだから、自分のことばかりになって当然ですよね。

僕は今が頑張り時です。先輩は、無理しないでください。

平成三十年九月十日　　佐藤　巽

『新たな門出に立つ巽壮太先生』

また日を空けてしまいました。

きっと忙しいだろうな。手紙なんて送ると迷惑かな、なんてあれこれ考えているうちに時間が経ってしまいました。最近は字を読むことさえも億劫に感じるようになってしまって。君が原作の漫画もまだ目を通せていません。ごめんなさい。

しばらく手紙を書くつもりもなかったのだけれど、さっき「島」の近くであかりちゃんのお母さんを探していた時の夢を見たんです。不思議なぐらい生々しい夢で、目が覚めた時に、ここはどこだろうって一瞬思ってしまいました。

それから懐かしい気持ちになって、レターケースを開けました。アダムスキー型ＵＦＯを模した切手、私が中身を添削した白いレターセットのもの、さわやかレターセット、かろやかレターセットと君が呼んでいたもの。

いろんな手紙が思い出のように飛び出してきて、それらに触れるうちに、この前買った便せんを手に取っていました。

良い便せんと思いませんか？　ヴェルヌの書いた『月世界旅行』の挿絵が入ったものなんて珍しいから、その場で買ったのです。

本が、人間が月へ行くきっかけを作ったなんて、ロマンチックだよね。人が文章に勇気を与えられるって、考えれば考えるほど不思議です。

ということで、ロマンチックレターセットで、この手紙はお届けしました。

明日は、演劇公演です。

平成三十年十月六日　　金澤奈海

『金澤奈海様』

公演、今年はどうでしたか？

僕は最近、ある境地に達しました。

それは、深く物事を考えない、ということです。このテクニックをゲットしてからは、小さなことにくよくよしなくなりました。大人になれたような気がします。大人のたしなみってやつです。

と、ここまで書いて、思い出した。ずっと昔、大学受験をする前に、先輩に似たようなことを手紙で教えてもらったこと。

先輩は、僕に諭してくれました。なるべくシンプルに考えるのが良い、と書いてくれました。大人とは、寝る前に襲ってくる悪い予感や想像を、パカッと脳から取り外し、しっかり熟睡できる生き物だと。

その通りだと思います。考えたってどうしようもないことばっかり。そう思います。

先輩は、大丈夫でしょうか。

きっと先輩のことだから、大丈夫なのでしょう。

でももし大丈夫じゃなかったら、そこも気を遣わず連絡ください。

大丈夫を何度も書いてしまっているのは、睡魔におそわれながら書いているからです。お許しください。


自分のことばかりの毎日は、過ぎ去るのは早いくせに、退屈で眠たいです。

平成三十年十月十五日　佐藤　巽

『佐藤巽様』


公演、失敗しました。

部内のもめごとのせいもあったけど、失敗した理由は明らか。私の脚本が良くなかった。

実はこの前、生徒に「先生の脚本は深みがなくて、人物の背景がわからない」と言われたんだ。子どもって残酷です。脚本家って物語を作り、そこに生きる人物たちを描くのが仕事でしょ？　そんな基本的なことが出来ていないのかと思うと悲しくて。

私って、他人に興味がないのかな？　自分のことしか考えていないのかな？　そうかもしれないです。そう思うとつくづく自分が嫌な人間だと感じるようになりました。

それでね、その次の日、改めてその子に「どんな脚本が良いの？」って聞いたら、「心を奪われて時間を忘れて読めるもの」って言われました。もちろん、私もそういう脚本を書きたいと思って頑張ってきました。でも、頑張れば頑張るほど空回りしてる気がして。

いやあ、驚きです。どんなものを書いたら良いのか、すっかりわからなくなってしまいました。なにを書けばいいのか、どう書けばいいのか、さっぱりわかりません。書くってなんだっけ。

なんでだろう。君にはこんなに自分の感情を出せるのに。手紙は無我夢中で書けるのに。私、脚本を書くのに向いてないのかな？

生徒たちはピリピリしています。私も熟睡どころか、あまり眠れないまま学校に行って、疲れがたまって、を繰り返しています。

早く、この負のループを終わらせないと。巽くん、私、大丈夫じゃない。

平成三十年十二月三日　　金澤奈海

追伸
寝付けなかったからホットミルクにジャムを入れようと思い立ちました。レシピを見て、鍋に砂糖とりんごを敷き詰めて煮詰めたところ、底が焦げてしまいました。
このホーロー鍋は気に入っていたから、残念です。

『金澤奈海様』


時間に追われる毎日です。

すみません、どうにかこれだけ。

以前先輩は、こう僕に諭してくれましたシリーズ第二弾。今こそ、僕からお返しします。

四百グラムのリブロースステーキを食べて解決しない悩みは、この世にないのです。あまおうパフェを食べても忘れられない苦しみは、この世にありません。

平成三十年十二月十日　佐藤　巽

『佐藤巽様』

謝らなくてはなりません。
私が言ったことは、嘘です。
この世には、どんなことをしても解決できない悩みと苦しみがあるのです。
あの頃の私は、青かった。なにも、知らなかったのです。すみませんでした。

平成三十年十二月十五日　金澤奈海

『金澤奈海様』

どうでしょうか。僕には、どうしても嘘には思えないです。

本当かどうか、良ければ試してみませんか。

同じ時間に、それぞれ近くの別のファミレスで、リブロースステーキとあまおうパフェを食べてみるとか。

たとえば、十二月二十二日の午後八時など。この日は、夕方から休みをとっているのです。

平成三十年十二月十八日　佐藤　巽

『佐藤巽様』


良いですね。

十二月二十二日、午後八時。それぞれ近くのファミレスで、リブロースステーキとあまおうパフェを食べます。いかがでしょうか。

平成三十年十二月二十日　金澤奈海

『金澤奈海様』

今日になってしまいました。

午後八時、食べます。

平成三十年十二月二十二日　佐藤　巽

『佐藤巽様』

午後八時。近くのファミレスに行きました。

そちらは食べましたか？

平成三十年十二月二十二日　金澤奈海

『金澤奈海様』

午後八時、ファミレスに行きました。
残念ながら、あまおうパフェはフェアをやっていないとかで、売っていませんでした。
ついでに、リブロースステーキも一番大きなサイズで三百グラムでした。しょうがないので、
それを食べました。
信じられないほど、お腹が膨れました。

平成三十年十二月二十四日　佐藤　巽

『佐藤巽様』

良かったです。

私も同じです。

ほんの少し、でもたしかに私は幸せな気持ちになりました。

それは、リブロースステーキが思っていた以上に柔らかかったからでも、肉汁が口の中にあふれ出したからでも、人参のグラッセが甘かったからでも、食後のコーヒーが美味しかったからでもありません。

君と同じ時間に、同じものを食べていると想像できたからです。

私と同じようなことを、君も考えているかもしれない、と思えたからです。

私は一人じゃない。

宇宙をさまよっていたはやぶさが地球に帰還する時も、こんな気持ちだったのかもしれないですね。


私は、悟りました。

三百グラムのリブロースステーキを、君と一緒に食べて解決しない悩みは、この世にないのです。あまおうパフェを、君と一緒に食べても忘れられない苦しみも、この世にありません。

平成三十年十二月二十六日　　金澤奈海

『金澤奈海様』

年末は例年以上に忙しく、ようやく仕事納めをして一息ついたところです。

今年は色々ありました。大変だったけど、総じて楽しかったし、自分らしい一年にできた、という気持ちです。

テレビや街の色合いなどが年の瀬を強く感じさせます。

来年は干支になぞらえた通り、真っすぐ突き進める様な年にしたいです。

体調にはくれぐれもお気を付けて、良いお年をお迎え下さい。

平成三十年十二月三十日　佐藤　巽

『佐藤巽様』


あけましておめでとうございます。お正月はゆっくりできましたか？

テレビをつけたらやっていた箱根駅伝を見て、ついつい応援してしまいました。実況の人が「今年は波乱の展開ですねー」なんて何度も言っていました。会ったこともない誰かを応援できるのも、少し心に余裕ができたからなのかもしれません。

明日から始業です。


この前の手紙に「大丈夫じゃない」って書いてしまったこと、手紙を出してから実は後悔していました。あんなこと書かなければ良かったと思いながらベッドに入ったら、モノクロの世界で文字の渦に飲み込まれてしまう夢を見ました。

夢って色がついている人と、ついていない人がいるんだって。君はどっちですか？　私は昔はカラフルな夢を見ていたけど、最近はモノクロの夢ばかり見ています。

ついさっきも、夕暮れの日差しを感じながら、ソファーでうたた寝をしてしまいました。そうしたら急に、頭の中にある光景が見えたんです。原稿用紙に向かっても何も思い浮かばなかったのに。自分じゃない他の誰かが考えた話みたいでした。こんな光景です。

ある夏の日に、裸足の二人が手を繋いで歩いている。そして片方が「シェイクスピアは神でも鎖でもない」と。色はもちろんついていなくて、覚えているのはそれだけで、二人の顔も周りの風景も分からない。

でも、この物語の続きを書きたいと思いました。

君は、この二人はどんな人たちだと思いますか？

平成三十一年一月四日（ほぼ五日）　金澤奈海

追伸

巽くんは創作にあたって、自分の体験をベースに考えますか？

それとも、完全に想像で書きますか？

『金澤奈海様』

明けましておめでとうございます。

僕は仕事と月刊連載の疲れからか、今年のお正月は箱根駅伝も見ず、お餅も食べず、初詣にも行くこともなくほとんど寝て過ごしました。

カラーどころか、モノクロの夢さえも見ることなく。いわゆる寝正月を過ごしていました。

送っていただいた物語。お話の出だしとして、面白そうです。完成したら、ぜひ読ませてください。

創作にあたっては、体験も想像も両方、大切だと思います。

僕は想像を膨らませて書くタイプですが、先輩はどちらかというと、自分の体験をベースに書きますよね。どちらでも良いと思います。

最近読んで面白かった、海外作家の短編集があるので同封しました。間違って、二冊同じ本を買ってしまって、一冊余っていたのです。

平成三十一年一月二十九日　　佐藤　巽

『佐藤巽様』

本、ありがとうございます。しっかり読み込もうと思います。
ただこの本、私も二冊持ってるのです。出先の本屋で、「あれ、この本持ってたかな」と買ってしまい、家に帰ってから、あっとなること、ありますよね。
ということで、私の家には同じ本が三冊ある状況です。一冊は演劇部の部室に持っていこうかと思います。

巽くんが、創作において大切にしていることはなんでしょうか。人の意見は、面白いものを作る上で大切だと気が付きました。わらにもすがる思いの最近です。
君に脚本の相談に乗ってもらえればな、と思う日々です。

平成三十一年二月一日　　金澤奈海

『金澤奈海様』

あります。とてもよくあります。

僕の本棚には、『ノルウェイの森』の上が三冊、トが二冊あります。

人の意見、大切ですよね。僕が大切にしているのは、まさにそこです。ひとりよがりにならないよう、客観的な目線を大切にしています。

もちろん、自分の意見や考えを見失ってはいけないんですけど。そこがまた、難しいところですよね。

先輩ならきっと、両立できると思います。

平成三十一年二月三日　佐藤　巽

追伸
僕で良ければ、脚本の相談、乗らせてください。

『佐藤巽様』

追伸の件、本当に良いのですか？

平成三十一年二月五日　金澤奈海

『金澤奈海様』

衝撃。

過去一の短い手紙。ＬＩＮＥでもあまり見ない短さです。

もちろん、大丈夫ですよ。むしろ、一緒に作るくらいの感じでも（演劇部の皆さんには公私混同のようなことをして少し申し訳ないけど、良いモノが作れたら文句は言われないですよね？）。

この前の手紙のすぐ後に、たまたま出張で地元の近くまで行ってきました。

通りがかったので見てみたら、おじさんがやっている古書店、まだありました。放送中の朝の連続テレビ小説が店の中から聞こえてきたから、おじさんも元気なんじゃないかって勝手に思ってます。

仕事なのであちこち見て回ったわけじゃないですけど、久しぶりに見る地元の風景は懐かしいままで、でも僕はあの頃の僕とは同じじゃないのです。

それは先輩だってそう。

あの頃とは違うふたりだからこそ作れる物語を僕は作りたいです。先輩と一緒にお話を作って、それが形になったなら、この先の道標のようなものになる気もします。

平成三十一年二月八日　佐藤　巽

『佐藤巽様』

脚本を一緒に書くこと。是非お願いします。ありがとう。

新しいことが始まる気がして、なんだか嬉しかった。

今日は、今まで書いた脚本を整理していました。巽くんが読んでくれたら、私の脚本に何が欠けているのか分かるかもしれないと思って。でもやっぱりやめにしました。私が君としたいのは、書き終えた物語の添削ではなく、一から新しく物語ることだと思ったので。

どんな話にしましょうか。

体験をベースにしかお話を書けない私でも、膨らませることが出来るアイデアがあればいいのですが……。

平成三十一年二月十一日　金澤奈海

『金澤奈海様』

脚本の件、良かったです。がんばりましょう。

新しい物語を作るにあたり、僕から一つ提案したいことがあります。物語のテーマに、僕たち自身のことを据えてみるのはどうでしょうか。

出会った時のこと、二人で歩いた海のこと、「島」のこと、空白の時間のこと、あの時僕が抱いた絶望のこと、先輩の大切な人のこと、そして手紙のこと……。

これらのことは、今思い返すとあまりにも身勝手で、不器用で、くすぐったくて、笑ってしまうほど恥ずかしいことかもしれないです。でもそれでも、それらに向き合い、それらに宿っていた全てのことをこの物語に落とし込みたいです。

それこそが僕たちが描ける最高の物語なんじゃないかと思います。

何かの本で読んだのですが、ヒトの体の細胞は四年でほとんど新しいものと入れ替わるそうで、だから四年前の僕と、今の僕とでは細胞レベルで違っているってことなんです。

人生は螺旋階段に似ていて、一見するとぐるぐる同じ所で迷っているように見えても、実は違う場所に僕たちは辿り着いているんじゃないか……まあ、今はこんなこと書いて、明日にはまた全く違うことを書いているかもしれないですけど。

平成三十一年二月十五日

佐藤　巽

追伸
元号、変わるらしいですね。

『佐藤巽様』

この手紙を速達の書留で送ったのは、巽くんが次の手紙を書く前に必ず読んでほしかったからです。これだと寒中見舞いやピザのチラシに埋もれてしまわないよね。

新しいことが始まる予感。大人になっても、手に入れようと思えば手に入れられるんだね。

そのことが、純粋に幸せです。大人になって良いことと、悪いことがあります。どちらが大きいかは分からないけれど、今も昔も変わらない幸せがあるというのは、良いことですよね。

その一方で脚本を一緒に書こうという巽くんの提案、今更だけど後悔したり。

何万部も刷られる雑誌の連載を持つ巽くんと、脚本コンクールの最終選考にすら残れない私。

自分が顧問である演劇部の生徒にさえ「脚本に深みがない」と駄目出しされる私。そんな二人が同じ物語を書くことができるのかなって。

今の巽くんは大海原を進む『月刊ナイト』という船の乗組員です。でも私は「広い海を前に怯えている少女」のまま。私が乗るのは、思い出の「島」に寄り添う砂上の小舟です。

巽くんは次々に面白いものを見ることができるけど、私は水平線の向こうが見えません。面白さを探しに行きたいけど、まだ恐怖の方が勝ってしまう。その恐怖を乗り越えた時にこそ、本当の面白さが生まれるかもしれないのは分かっているのに。

正のループが始まるかもしれないのに。


ごめんね。前置きが長くなりました。

決して脚本の話を断りたいわけじゃないんだ。むしろ前向き。

私たち自身のことをテーマにしようって言ってくれたでしょ。だったら私たちはすでに、手紙という形でお互いのことをたくさんの言葉で書いているような気がして。

だからこれまでの手紙をお互いの台詞として、ひとつの脚本にしてみるのはどうかなって思ったんです。

手紙のやり取りだけで進んで行く二人芝居。

すでに私たちは、物語を書き始めている。
どう思いますか？　巽先生。

平成三十一年二月二十五日　　金澤奈海

追伸
ついでに新元号は、なんだと思いますか？
演劇部では新元号を考えるのがブームになっています。テレビドラママニアの新部長は、「奈海」の「奈」が入りそうな予感！　とあおってきます。言われるとそんな気がしてくるから不思議です。結果はいかに。

『金澤奈海様』
先輩の提案、とても面白いと思いました。一緒に手紙で脚本を書いていきましょう（先生、なんて呼び方はやめてください）。

そうですよね。考えてみれば、僕たちはこれまでずっと二人で物語を紡いできたのかもしれません。

一旦、脚本について思っていることを書いてみますね。

僕たちのこれまでの出来事をそのまま脚本にすると三時間超える超大作になってしまうかもしれません。三時間の映画なのに続き物になって、パート3くらいまで続いてしまうかもしれません。こうなると僕らはほとんど、ゴッドファーザーです。

なので狙いを絞って考えていくのがいい気がして。

「一番楽しかったこと」と「一番悲しかったこと」。これらを軸にして、小さなエピソードをまぶしていけば一本につながった、丁度いいサイズの僕らの物語ができるはずです。

楽しかったこと

・演劇部でのやり取り

・受験前に先輩に応援してもらったこと

・海辺を歩いたこと

・付き合ったこと

悲しかったこと
・別れたこと
・僕が勝手に演劇を見に行ってしまったこと
・2011年の震災

「これだけ?」なんて思わないでくださいね。

本当はもっとあるんです。

教室に入ってきたハチを先輩がデコピン一撃で退治した話とか、先輩にそそのかされて食べた激辛カレーのせいで、数週間、唇が腫れ上がって、セクシーリップになってしまったことなんかも、物語に入れたいのですが、僕だけが楽しくなってもダメなので割愛することにしました。


誰かが言っていました。書くこととは、思い出すことだそうです。

自分の過去を一つ一つ思い出して、言葉にしようとする作業は、とても怖いです。僕たちの思い出を言葉にして、つまらないものになってしまったらどうしようと。

でもその怖さを乗り越えること、過去を物語にしながらその作業に向き合うこと。突き詰めていくと、「過去に向き合う」。これが創作の痛みなのかもしれません。

そして痛みと仲良くなるために、何度も書き直して、また書き直してを繰り返す。この作業によって、僕たちは過去と向き合い、過去を浄化することができる。

奈海先輩の印象に残っているエピソードも送ってください。それを貰ったら、ゆっくり作業を始めましょう。

平成三十一年三月一日　佐藤　巽

『佐藤巽様』

返事を書くのが遅くなってしまってごめんなさい。

三学期って、バタバタと始まってバタバタと終わるから、毎年忙しいんです。生徒たちも受験でナーバスになるから、私も気持ちを持っていかれたり。

でも、今は春休みになって少し落ち着きました。春休みっていいよね。

夏休み、冬休みと違って、はっきりした休みじゃないんだけど、私はそこが好きです。春の朗らかさに私たちの方が飲まれてしまって、生徒も、先生も、浮かれ気分になって、みんな何をすればいいかわからなくなって、世界が曖昧になっていって。


脚本のこと、ずっと頭の中で考えてました。

分からなくなるのは、この脚本の結末は果たしてどうなるのだろう？　ってことです（もとから、結末が分からないと書き始められない性分なのです）。


私と巽くんの物語――

巽くんとの過去なら、たくさんあります。

楽しかったことや、悲しかったこと。ストップモーションみたいに目の前の時間が止まったような不思議な時間も、名前のつけられない幸せな気持ちも、思い出すだけで恥ずかしくなって枕に顔を突っ伏したくなることも。

たくさん思い出します。君との時間や言葉は、心の奥の、他とは違う引き出しにしまっていきます。

でも、私と巽くんの結末は、当然だけどまだ分かりません。

これまでのことがハッピーエンドに向かうのか、バッドエンドに向かうのか、分からない。

今、私は不安です。ある決断を迫られています。そのことで、巽くんとの物語にどんな影響があるか分かりません。

私としては、なんの影響もないと信じています。甘いでしょうか。ご都合主義でしょうか。

それでも私は、ハッピーエンドを望んでいます。

平成三十一年三月二十九日　金澤奈海

P.S.
渋沢さんにプロポーズされました。

第四章　二〇一九――二〇二一

『金澤奈海様』

なかなか筆を執ることができないまま、元号が変わってしまいました。僕の予想は一文字も当たりませんでした。予想通りにいかないのが人生です。

この前、本屋に寄って、ふと目についた自己啓発本に「人生は単なるゲームだ、ゲームなんだから楽しく気楽にやればいい」って書いてありました。

僕にはそうは思えませんでした。予想通りにいかないことばかりな上、人生には、ゲームのような攻略本がないからです。

さらに言えば、人生はゲームと違って、そもそも結末が決まっていません。結末は自分と世界との兼ね合いで勝手に、無軌道に開かれてしまうものですから、自分の人生のゲームのエンディングを知っている人間はこの世に（きっと）存在しない。

少し格好つけてしまいました。

僕の言葉はいつも、格好つけようとするようで。中山にもよく言われます。お前はストーリーを考えるのは得意なのに、台詞はいつも薄っぺらい、純度が足りない、と。このまま書き続けたら、弱音になってしまいそうなので、この辺にしておきます。


ご結婚、おめでとうございます……で、いいんですよね。

そうか、あの先輩が結婚するんだ。いつかそんな日が来るだろうと、漠然と思っていたけど、ついにその時が来たんですね。

結婚がなんだ、紙っぺらに名前を書いて、役所に届けを出すだけじゃないか、なんてクールなことを言う人もいるでしょうか。

僕にはそうは思えません。

ある二人が、生涯を共にすることを決意したこと、そこが重要です。このあまりにも広大な宇宙において、たまたま出会った二人が手を取り合い、短い一生を共にする決意をしたこと、そこに結婚の尊さ、あるいは凄さがあります。

そして、先輩はその生涯を共にするパートナーとして、僕ではなく、渋沢さんという方を選んだ。

先輩はP．S．で結婚の報告をしたとき、どんな僕を想像して報告してくれたのでしょうか。最初に出会った頃の、やせっぽっちで頼りない「後輩」ですか？　それとも、諦めの悪い「元彼」でしょうか。先輩のずるいところです。

先輩の幸せを心から祈念しております。

改めて、ご結婚おめでとうございます。

令和元年五月四日　　佐藤　巽

『佐藤巽様』


お返事ありがとうございます。

君の文章を読んでいると、私が君のことを過去の人として扱っているように思っているみたいだけれど、そんなことはありません。君のことは今でも大切に思っています。

渋沢さんも君も、二人とも、とても大事な人です。


私は初めて会ったときからずっと、過去でも未来でもなく、常に今の君を見ていました。

だから結婚の報告をするときも、今の君を想像しながら書いていました。

逆に、君がもし、過去の私を見つめているのだとしたら、それはやめてほしいです。

私は今、ここにいます。


おめでとう、って言ってくれてありがとう。

令和元年五月七日　　金澤奈海

＊

【投函しなかった手紙】

『金澤奈海様』

中山との漫画の連載が、少し前から上手くいっていません。原因はたぶん僕にあります。中山に「お前の書く人物は気取っていてつまらない」と言われてしまいました。「島」での日々を書いている時は次から次へと言葉が出てきたのに。今は何も浮かんで来ません。

夢は現実になったら、夢見た者を喰らう獏になるのかもしれないと思いました。なんだか夢を追っていた頃の方が楽しかったです。夢は仕事にしてはいけないのかもしれないとさえ、感じています。

矛盾していますよね、会社を辞めたいほど書くことを仕事にしたいのに、夢が叶いつつある状況を僕は否定しているんです。恋愛にも、そういう所があるような。

（修正液の跡）先輩、僕は迷子なのかもしれません。

夢が「夢」だった頃が、時々懐かしくなります。現実味を帯びてくるほど、汚いことも見えてくる。現実とは、苦味そのものです。欲しいものに手を伸ばしてきたはずなのに、僕が本当に欲しかったものは、今の環境ではないような気もするのです。

本当に欲しいものを見極める眼力と、それを抱きしめていられる腕力が、僕には足りないのかもしれない。そのためにはまだ沢山、筋トレをしないといけないのかもしれません。

すみません。自分のことが上手くいっていないからって先輩に強く当たってしまいました。僕はただ、あなたとの思い出を大事なものとして、最後まで形にしたいだけなんです。僕たちにとってそれは、二人で書く脚本を書き切ることでしか、できないことだと思います。

ねえ先輩。僕らはもう恋人ではないけれど、それでもあなたが苦しい時は一緒にもがくし、幸せな時は心から祝福したいんです。傍にはいられなくても。手紙で、言葉で僕は先輩の隣にいたつもりです。

＊

【月刊ナイト　令和元年八月号（連載スペースへの掲載）】

いつも作品を楽しみにして下さっている読者の皆様。

巽です。突然の休載、誠に申し訳ございません。疲れがドッと出てしまい、目が覚めたら身体が動かなくなって。二、三日寝てもそんな感じだったので、無理をお願いして休ませてもらいました。

僕のわがままな提案を許してくれた編集長と中山。ごめんなさい。この恩は、今後作品を紡いでいくことで返していければと思っています。

休んでいる最中、ふと受験勉強を頑張っていた頃のことを思い出しました。机でひとり、参考書やノートに向かい合っていた時に感じた寂しさ。見えない海に放り出されたようで、慌てて自分とは何かを考え直したこと。そしてその時僕は、自分の周りにいた大切な人との縁を大切にしよう、と思ったのです。とても漠然と、でもたしかに。

僕が握っている見えない糸は、きっとどこかに繋がっている。

そう信じたあの時のことをベッドの中で思い出したら、不思議と体が動くようになりました。

休載、ごめんなさい。来月からパワーアップした連載を、どうぞお楽しみに！

巽壮太

＊

【月刊ナイト編集部気付　巽壮太先生】

巽先生、こんにちは。いつも連載を楽しみにしています。

巽先生に、漫画の感想をちゃんと言ったことがなかったので、今日は書いてみようと思いました。

電子書籍で購読することが多くなっていた私ですが、先生の漫画は紙の雑誌も単行本も買っています。読んでいる間は、文化祭や結婚の準備に忙しい日々の疲れを忘れるほど。

「視点を獲得している」という言葉を最近知りました。評論用語ですね。ちゃんとはわかっていませんが、この漫画を読んでいると、作者の世界の切り取り方、描き方に一貫性があるのを感じます。世界観がある、ってことかもしれません。

きっと先生は、飾り気のない、純粋でまっすぐな瞳でこの世界を捉えていらっしゃるのでしょう（成立させるのにはたくさんの技術的な凄さがあるのでしょうが）。

八月号、休載明けの先生のコメントが載っていましたね。何度も読みました。

巽先生の文章の力でしょうか。忘れていた記憶が蘇ってきました。

たとえば高校生の頃、演劇部のみんなで観に行った劇のことを思い出しました。二人の人間がやり取りした手紙を台詞として進む劇でした。役者は二人。

私の夢は脚本家になることです。何か言葉を紡ぐことが、脚本の完成に繋がるのではないかと思い、今日もこうして筆を執っています。

私が書く脚本も、あの劇のように、いつか誰かに演じてもらえるのだろうか。役者は一人か、二人か。舞台は寒い体育館か、どこかのホールか、あるいは海辺や小高い岩場、「島」なんかでも演劇はできますね。

ハッピーエンドかバッドエンドかはまだ分からないけれど、最近、ある予定を立てました。令和二年三月末に入籍するということ。先のことをクリアにした方が、脚本もうまく進む気がして。

長らく巽先生のファンでしたが、こうしてファンレターとしての手紙は初めてで、実は少し緊張して書きました。失礼があったらすみません。

私には、不定期な文通を長らく続けた経験はあります。

でも、文通相手に手紙を書くときとは違うものですね。その人とはしばらく会っていないので、また会いたいなと思っています。

巽先生の紡ぐ物語の登場人物のように、私も葛藤しながら前に進む人間でありたいです。連載、これからも楽しみにしています。応援しています。ご自愛ください。

令和元年九月　これからも巽先生のファンでいる予定の高校教師より

＊

謹啓
師走の候、皆様におかれましては、ますますご清祥のこととお慶び申し上げます。

このたび私たちは結婚式を挙げることとなりました。つきましては日ごろお世話になっている皆様にお集まりいただき、ささやかな披露宴を催したく存じます。

ご多用中、誠に恐縮ではございますがぜひご出席をお願いいたしたく、謹んでご案内申し上げます。

謹白

令和元年１２月吉日　渋沢健　金澤奈海

記

日時　令和2年4月4日（土曜日）
挙式　１０時３０分
披露宴　１１時３０分

場所　◯◯ホテル
所在地　東京都港区△△
電話番号　03―◯◯◯―△△△

尚お手数ではございますがご出席のお返事を1月24日までに賜りますようお願い申し上げます。

＊

謹啓
ますますご清栄のこととお慶び申し上げます。
このたび弊社より出版しております、鳥頭幽霊先生、巽壮太先生による連載漫画『鎌倉奇聞』が、宝山社主催の「この漫画だ！　大賞2019」新人作家の部門で大賞を受賞しました。つきましてはささやかながら記念祝賀会を開き、先生方のご業績をたたえ祝意を表したいと存じます。

ご多忙とは存じますが、万障お繰り合わせの上ご出席くださいますようご案内申し上げます。

令和元年12月吉日

記

令和2年4月15日（水）午後6時〜8時

場所　〇〇〇ホテル（椿の間）

所在地　東京都千代田区△△

山形書店　編集部　田所真一

＊

『佐藤巽様』

ご無沙汰しております。金澤です。

大変な時代に、なってしまいましたね。

ウエディングプランナーの元に足繁く通って、忙しいなかずっと準備してきて、いよいよだと夢描いていた結婚式。猛威を振るい始めた新型コロナウィルスの影響で挙式自体が叶わなくなってしまいました。残念な気持ちでいっぱいです。

以前、巽くんが教えてくれた記念祝賀会も中止になったのではないでしょうか。本当に残念で、胸が苦しくなりました。お互いに大切な式がなくなってしまって、こんな悲しいとこ共有しなくても良いじゃん。って、久しぶりに一人で号泣しました。

苦しいのが一緒になるなんて嫌だけれど、でもそれもなにかの因果な気がして、ひとしきり泣いた後、ほんの少しだけ笑えました。

色々と溜まっていた感情を外に出し終えてから、無性に巽くんの漫画を読みたくなって読み返していたら、スランプと嘆いていた私がまるで嘘だったかのようにアイデアがあふれてきました。

そうだな。今なら脚本が三本は書けそうです。

熱い友情、淡い恋愛、変わり種としてコロナウィルスでの体験談。恨み辛みをとことん記して、最後は周囲に愚痴を、ぶつけるだけぶつける日常を描くなんて良いと思いませんか。

そんな報告はいらないです。なんて言わず、一人のファンが勇気づけられたんだ、へーっ、てな感じで気軽に受け止めてもらえたら嬉しいです。

私は、感謝しています。

巽くんには、勇気をくれる漫画を描き続けてほしいです。

読者に夢を見せ続けてほしいです。もし苦しくなっちゃったら、手紙にぶつけてください。

パワーアップした連載、期待しています。

令和二年六月五日　　金澤奈海

追伸
仕事、辞めました。いまは気楽が7、空しさ3という感じです。

『金澤奈海様』

世の中が大変な今日この頃ですが、いかがお過ごしでしょうか。

いろいろ思うところがあって、あの休載の後、二足のわらじのうち片方、つまり会社を辞めました。

それからほとんど在宅作業だったので、世間でいう『新しい生活様式』を期せずして今年頭から先取りしていました。中山や担当編集ともネット上でのやり取りがほとんどです。きっとこういうのも、いずれ慣れちゃうんでしょうね。

先輩がまた脚本を書きたいという気持ちになっていると知って、僕はすごくびっくりしました。文面だけで伝えるのは難しいけど、この手紙を書いている時、ペンを握る僕の手元が震えているのはここだけの秘密です。決して悪い意味じゃないです。武者震い、っていうヤツです。

先輩は、スランプに苦しんでいたんですね。でも、この前の手紙は、まるで明日が来るのが待ちきれなくてうずうずしている無邪気な子供が書いているように思えました。

頭の中にアイデアや題材が湧き出てきて、一人では抑えきれない程のワクワクに心の中があふれている。そんな先輩を想像して、なんだか微笑ましいと感じてしまいました。

僕も、記念祝賀会が中止になってしまったことを悲しんでいる暇はないですね。連載を待っているファンを驚かせたい。そして、先輩の「脚本を書きたい」という気持ちを後押ししたい。

どうか見ていてください。生まれ変わった僕と、パワーアップし続ける連載を。先輩をもっと「脚本を書きたい」と思わせられるような期待感とワクワク、そして興奮を見せられたら、と思います。

今日の誕生花であるタチアオイの花言葉が「豊かな実り」と「野望」だそうです。僕の決意が「野望」という言葉にふさわしいのか分からないけれど、少しでも先輩の脚本が豊かに実ることを願っています。

令和二年六月十八日　佐藤　巽

『佐藤巽様』

テレワーク化の流れは凄いですね。

同居中の渋沢さんも、自宅でテレワークをするようになりました。一緒に過ごす時間が増えすぎた感があり、一人の時間を作れないのが困りものです。


渋沢さんは、愛妻家萌えする人が聞いたらときめいてしまうであろうくらいに、私を溺愛してくれています。それ故にコミュニケーションが過剰気味で、別々の部屋にいても、一人になりきれない感じです。「せっかくこんな時代なんだから、同じデスクで隣に並んで、仕事なり、執筆なりしようよ」なんてことも言われます。

家事を半々でしてくれるのは助かるものの、分担じゃなくて共同作業なので、本当に一人で過ごす時間が激減しました。渋沢さんのお仕事は会議が少な目なので、会議が増えてくれれば……なんて思ったり。

脚本の執筆は応援してくれているので、一人で執筆に没頭させてほしいと話したら、いじけながら、隣に並んでパソコン作業するのは諦めてくれました。

でも、食事やお茶の時間になると、呼びに来ます。「食事やお茶まで別々は寂しいよ」って。

まぁ、食事まで別々がいいとは思わないけど、お茶を飲むのは、一人の時があってもいいな。

同居を始めたばかりで新鮮なうちだけかもしれませんが、こんなにデレな人だったとは思いませんでした。

これはいっそ、脚本のネタにしてしまえばいいんですかね。物を書く人、あるいは、何かを作る人になることの一番の利点は、人生の全てが創作の糧になるということだと思う今日この頃です。

令和二年六月三十日　　金澤奈海

『金澤奈海様』

愛妻家・渋沢さんの話、僕が書きたいと思ってしまいました。

去年の頭くらいに二人で脚本を書こうって話をしてましたね。僕たち自身をテーマにした物語が形になる前に、奈海先輩と渋沢さんの物語が進んでしまうのは少し悲しいです。僕の方が奈海先輩と早く出会ってたのに。いや、関係ないですね。人生はコンビニのレジ待ちではありません。大切なのは、順番じゃない。

そういえば先日、中山と担当編集さんと三人でオンライン飲み会をやってみました。家に籠る生活に、すっかり慣れてしまいました。

中山は家にいる時間が長くなったので、ペットを飼い始めたそうです。チンチラです。知ってますか？　チンチラは生き物の中で、一番毛の密度が高いらしいです。僕も何か飼おうかな。魚とか。島を連想させるようで良いアイデアだと思います。どうですか？　新しい生活で、傘を打つ雨の音も土の匂いも忘れてしまいそうになる中、僕たちの大切な思い出くらいは忘れたくないですね。

ところで、何故オンライン飲みをしたかというと、ちょっとしたお祝いです。

先日、新人賞を取った漫画の映像化のお話をいただいたんです。すごく嬉しいです。でも、作品だけがどんどん先に行ってしまって、僕は追いつけていないない気持ちです。

奈海先輩、オンライン飲みでもしませんか？

直接会うことは出来ないけど、顔を見ておめでとうってお伝えしたいです。冷蔵庫の中には、無駄に買い込んでしまったビールとおつまみが沢山あります。都合の良い日、教えてください。

令和二年七月十日　　佐藤　巽

『佐藤巽様』

映像化のお話、おめでとうございます。

巽くんは私より何歩も先、まるで地球の反対側に居るみたいに、もう君の背中も見えそうにありません。

オンライン飲みは落ちついてからでもいいですか?

色々と整理しなくちゃいけないことが起きて、毎日がてんてこ舞いになっています。

渋沢さんの海外出張がまた決まり、一緒についてこないかと誘われました。

出張先の大学があるバーミンガムは、シェイクスピアの生まれ故郷のすぐ近く。休みの日になると渋沢さんはその町に行って、蜂蜜色の家々や教会、町に残る大劇作家の足跡を見ては、ルネサンス期の栄華に思いを馳せていたんだって。

渋沢さんは言います。君がシェイクスピアの生まれ故郷で脚本の勉強をできたら、どんなに素晴らしいだろうって。

私もそう思います。シェイクスピアと同じ空気を吸い、同じ景色を見ながら勉強ができたら、どんなに素敵だろうって。

もともと彼は、私と一緒に日本にいられるように、海外出張の打診を辞退してくれてたのです。海外出張を希望していた後輩くんを推薦する形で。そして、私にプロポーズしてくれました。

それなのにその後輩くんが、海外出張を辞退したのです。コロナのせいだと思う。確かに、こんなご時世に海外に自分から行きたがる人なんていないと思います。結局、渋沢さんが呼ばれる事になってしまって。

色々話し合って、決めました。渋沢さんに、ついて行こうと。私は教師になる夢は叶えたけど、脚本家になる夢はまだ叶えていないから。

私たちの関係は、海を越えられるかな。

巽くん、文通を続けてくれますか？

令和二年八月十日　金澤奈海

『渋沢奈海様』


先輩が渡英する前にこの手紙が届くことを祈っています。

渋沢さんのお仕事のこと、イギリス出張のこと……驚きました。心から祝福の言葉を贈るために、少しだけ時間が必要でした。

「運命」という言葉はあまり好きではないですが、先輩が渋沢さんという人生の伴侶を得たことは「運命」だったのだと言わざるを得ません。「運命」。甘い響きです。その言葉をいとも簡単に人生で使うことが出来る人もいれば、どこまでもその言葉を求めて広大な砂漠をさまよい続けて、さすらう人も一方でいます。人生とは、つくづく不公平なものだと思います。

先輩が尊敬してやまない偉大なる劇作家シェイクスピアの生まれ故郷の近くで、渋沢さんとふたりで夜通しシェイクスピアについて語り合ったり、肩を並べて脚本を書く夢のような日々を思い描きながら先輩が胸を躍らせている間、僕は冷蔵庫の中に残ったビールとおつまみを胃の中に放り込みながら、『鎌倉奇聞』のストーリー展開を考えていました。

「ビールを飲みながら仕事をするなんて、ファンの皆様に失礼！」と先輩に怒られてしまうかもしれませんが、適度なお酒で脳をリラックスさせると、ふっと、良いアイデアが思いつくんです。


ビールとおつまみのストックがなくなってしまったので、オンライン飲み会は中止にしましょう。

この前の手紙で、先輩は、「巽くんは私より何歩も先にいるんだね……」などと書いていたけれども、何歩も先にいるのは先輩の方です。

どうか、先輩の夢が叶いますように。

P．S．
僕たちの関係は、どうなのでしょうか。

単純にもう、僕には気力が残っていません。海を渡って続けることは難しいです。

令和二年八月十八日　佐藤　巽

『巽くん』

君から手紙をもらって三日が経ちました。今まで何十通も手紙をもらったけど一番読み返した手紙かもしれません。

私たちの関係は、海を越えられるかな。

君のことだから、「越えられる」とはっきり答えてくれると信じていました。

令和二年八月二十三日　金澤奈海

『奈海さん』

越えられないですよ。信じてるって、何を信じているのですか？　あなたは、僕をどういう存在だととらえているのでしょう？

僕にとって奈海さんは、ただの文通相手です。ちょっとした日常の気づきや、ほかの人には言えない話を聞いてくれる、文通相手です。

それ以上でも、それ以下でもありません。

令和二年八月二十六日　佐藤　巽

『巽くん』

私にとって巽くんは、特別な存在です。どんなに離れていても私のことを想ってくれる。私も、君のことを想っている。

あの時はわからなかったけど、今思えば君との恋人関係を解消できたのも、君とだったら恋人という呼び名がなくなっても、ずっと繋がっていられると思ったからなのかもしれません。何故だか別れて、より心の距離が近づいたような、不思議な感覚もあります。

どんなことがあっても君と私が離れることはない。その安心感があったから、私はここまで生きてこられました。

昔の私は、たった一歳年上なだけなのに、君に対して随分と大人ぶったりカッコつけたりしていたと思います。お姉さんぶるのも気分が良かったし、カッコいい先輩だと思われたかったのかもしれません。それなのに、今の私は巽くんにだったら、どんなに無様な姿でも見せられる気がします。

だから無様ついで言うけど、今の私はどうすれば良いかわからないです。どん底に手がついてしまったようで。それは君の手紙が原因なのか、脚本のことなのか、マリッジブルーなのか、日本を離れる不安なのか、それともこんな息苦しい不安な時代のせいなのか、自分でもわかりません。

君に心配してもらいたい自分がいることにも、筆を進めているうちに気付きました。自分が嫌になります。

それでも書かずにはいられません。
私は九月四日の金曜日に日本を発ちます。渡英するまでに一度会えませんか？
返信は要りません。今は手紙越しではなく、直接、会いたいです。

令和二年八月三十日　金澤奈海

『渋沢奈海様』

どん底からの脱出については、渋沢さんに、なんとかしてもらってください。
これは、嫉妬じゃないです。
僕の知ったこっちゃないです。

僕にとって先輩は、特別な存在です。恋人という呼び名がなくなっても、ずっと繋がっていられましたし、別れた方が良かったとも思えています。それでも不思議な、いや変な関係であることは間違いありません。いつ終わってもおかしくなかった。

今そして、決定的に何かが変わりました。

変えたのは、あなたです。

結婚している相手がいながら、元彼と文通を続けようとする。それってどうかと思いますよ、とても。

あるいは僕が、あなたの中でもう元彼扱いでさえないのだとしても、それもどうかと思います。


僕たちは会わない方が良いんです。この世には、会わない方が良い関係があるってこと、身に染みてわかったのです。

会わないけれど、文通はしている関係。そんな変てこな関係があってもいいんじゃないかと自分に言い聞かせてきましたが、それももう、どうだか分からなくなってきました。


でも一つ、分かっていることがあります。

あなたが困っているとき、悩んでいるとき。あなたを助けるのは、僕ではないのです。

令和二年九月二日　　佐藤　巽

『渋沢奈海様』

お元気にされていますか。

感染がふたたび世界的に拡大したため、先輩は渡英できなかったと、かつての演劇部の仲間に聞きました。

ずっと嘘の世界に暮らしている気分ですね。知り合いの知り合いが感染して、入院したと聞きました。それさえも嘘であってほしいと、願うしかありません。

もう年の暮れになってしまいました。

僕の方は変わらず、元気に漫画をつくって過ごしています。編集部から『鎌倉奇聞』のアニメ化の話を聞きました。自分の考えたキャラクターが動いて話すってどんな感じなのでしょう。まだ想像がつきません。

前回の手紙では、感情的になってしまいました、すみません。自分は冷静な人間だと思い込んでいましたが、そんなこともないと知りました。振り回しやがって、と振り回されている側は、勝手に思うものなのです。

先輩に知ってほしいことがあります。

僕はこれまで先輩に、いくつかの点で誇張したり、見栄を張ったり、場合によっては嘘もついてきたということです。

たとえば昔、先輩とは「島」でよく話をしましたよね。演劇部のこととか、受験のこととか、先輩の約束のこととか。その話の中で僕たちは、今二人がいる場所を島と呼んでいました。だけどあれは、なんの変哲もないただの岩場でした。それなのに僕たちは、それを島だと呼び続けました。それに、なんの意味があったのでしょう。

そして僕は、この手紙でも早速嘘をついています。

僕は今、まったく元気ではありません。『鎌倉奇聞』の次の展開がわからなくなりました。キャラクターたちがなににどう感じているか、ということすら理解できなくなってきたのです。ただでさえ最近は、ストーリー面でも僕のアイデアが採用されることは、ほとんどなかったのです。

だから先輩がくれたファンレターも、僕には辛いものがありました。僕は「視点」を獲得できていません。フィクション性にロマンを感じ、日常までも歪んで考えてしまう僕に、視点なんてあるはずがない。

これまでも見栄を張って、手紙の中では先輩に好かれる自分を演じてきました。でももう、嘘を突き通せないくらい大人になってしまったようです。

約束していた二人の脚本も、もちろん書くことなんてできません。先輩の力になれなくてごめんなさい。

どうかいつまでもお幸せに。

令和二年十二月二十五日　　佐藤　巽

『渋沢奈海様』

あけましておめでとうございます。

先輩は新年、初詣には行かれましたか？　何か願い事はされましたか？

僕の願い事は置いておいて、前回の手紙の続きです。

最近の僕は、『鎌倉奇聞』で作画のアシスタントしか担当していません。僕の出すアイデアは、やはり的はずれなものばかりのようです。中山は良いやつなので言葉にはしませんが、顔を見ていればわかります。担当さんからも、アシスタントに専念するのもいいのではないかと言われちゃいました。

というか、本当の意味で僕が役に立ったのは出だしだけ。まだ、取り留めのないアイデアを無責任に言い合っても許された時の話です。

その後はどれだけ書いても、ほとんど採用されていません。一念発起して会社を辞めて、気負ってはみたものの、さらに袋小路に迷い込んでいるようです。

僕には物語を作る才能もなければ、物語を作る人と一緒にいる才能もなかったのです。

先輩と二人で脚本を作るなんて、できもしない約束をして、本当にごめんなさい。

しがみつくようにアシスタントができている今の僕があるのは、先輩のおかげです。絵に興味を持ったのは演劇部の大道具で背景を描いたのがきっかけでした。

高校の頃の僕の夢は、先輩の書いた原作で漫画を描くことでした。

初詣で、十七歳の僕はそう願ったのにな。

令和三年一月三日　佐藤　巽

『佐藤巽様』

わからないことがあって、あの海に来ています。

君にもらった手紙を読み返しています。巽くんは本当に手紙がうまくなりましたね。文字も、内容も。最初はいきなり「草々」とか書いちゃってたのにね。覚えていますか。とりわけ始まりの頃の、へたくそな「ナミ」の筆跡がすきでした。

君の告白に背中を押してもらい、私もいくつか、正直にお伝えします。

渋沢さんとは、実はまだ籍を入れていません。なので、渋沢奈海ではなく、金澤奈海です。

嘘はついていませんでしたが、言ってなかったことです。


そしてもう一つ。

この数年、わたしはもう、脚本を書いていません。

一度だけ、演劇公演の脚本を書きました。クレジットはされましたが、結局部長の子に大半を書いてもらった。惨めさから私がクレジットを外そうとすると、部長に怒られました。

「責任から逃げないでください」と。


どうして君も私も、お話を書けないのか、私には分かります。たぶん世界中で、私だけが分かる。私が君に抱いている気持ちは、君もきっとそうであるように、確かな形をしていません。引き満ちた波があの「島」を叩くように、手紙を交わした私たちは、同じ不確かさ、「書けない理由」を共有しています。

君の手紙を読み返していると、答えが見つかる気がします。

その時だけ、素直な私でいられるからです。

令和三年二月三日　　金澤奈海

『ナミ先輩』

前略
お元気でしょうか?

僕は元気です。体の方は、ですが。

『鎌倉奇聞』は終了へ向かうことになりました。他ならぬ僕のせいです。

ストーリーが書けないのに加えて、担当しているぶんの作画にミスが続いたり、時間がかかってしまったり。何を描いても、線に迷いが出るようになりました。その度に中山がフォローしてくれるのが辛かった。それで、自分はもう降りたほうがいいんじゃないかと、彼に伝えたんです。

ただ一言、「わかった」と言われました。

自分から言い出したことなのに、頭をガツンと殴られたようなショックでした。怒られた方がずっと、ずっと良かった。「お前なら出来るだろう」と言ってくれると、心のどこかで期待していたのかもしれません。


以前、先輩がファンレターに「巽先生の紡ぐ物語の登場人物のように、私も葛藤しながら前に進む人間でありたい」と書いてくださいましたね。とても嬉しかった。

嬉しかったけれど、今はその言葉が酷く刺さります。僕は、いつまでも葛藤するばかりです。


僕は、描くのをやめようかと思っています。中山は、すでに新しい作品に一人で着手しています。『鎌倉奇聞』を一人で、あるいは別の誰かと続ける気は中山にはないようです。これは二人で創ったものだから、と、中山は言います。

僕に気を遣っているのではなく、本心なんだと思います。

そう彼は、本心で生きることが出来るのです。

彼は、僕とは違います。

きっと彼のような人間が、人の心を揺さぶることができるんじゃないか、と思います。

ナミ先輩。最後のお願いがあります。

僕たちはずっと、ループの中にいます。きっと昔は二人とも希望に満ちていた。でもいつからか、よくわからなくなってしまった。僕たちをまとっているものは何なのか。それはもしかすると、負のループである気さえしてしまって。

もし負のループなのだとしたら、早く終わらせないと。

いずれにせよどちらか一人がぽんっと抜けられるものでもない。「書けない理由」を共有する僕ら二人が会わないと、きっと意味がないと思うのです。

僕らのループの原点を、確かめに行きましょう。そして、これが負のループなのだとすると、もう終わりにしましょう。

最後に一度だけ、「島」で会いませんか。

三月十一日。待っています。

草々

令和三年二月二十一日

佐藤　巽

追伸
前の手紙で「ナミ」の筆跡が好きだと書かれていたので、今回は昔のようにカタカナにしてみました。なんだか懐かしいですね。

『巽くん』

『鎌倉奇聞』の件、雑誌の告知ページで知りました。
今、こういった言い方が適当かわかりませんが、ひとまずはゆっくり休んでください。そして、いつになってもいいから、また巽くんの漫画を読みたいです……なんて、ずっと書いていない私が言っても、説得力は無いかもしれません。

巽くん。私も同じ気持ち、先に進みたいです。
私たちのループが、本当に間違っていたものだったのか。それともまだどこかへ繋がる道があるのか。私はそれを確かめたい。たとえ巽くんともう二度と会わないという形になったとしても。これで縁が切れてしまったとしても。

手紙の上ではなく、「島」にて。

三月十一日午後二時頃。待っています。

令和三年三月一日　金澤奈海

『なっちゃん先輩』


だめだ、やっぱり電車の中だと字が揺れますね。

僕は今、島に向かう電車の中で、この手紙を書いています。

本当はあの頃、こっそり、なっちゃん先輩と僕は呼んでいました。

ナミ、ナミ、なっちゃん、先輩を（停車中だと漢字がスムーズに書けます）自由に呼ぶ先輩たちがうらやましくて。でもナミ、と呼び捨てにはできなくて、なっちゃん……ちゃんづけも怖くて、なっちゃん先輩……あれこれ考えて。

「なっちゃん」「なっちゃん先輩」、お芝居のセリフみたいに家で練習したのに、結局一度もそう呼びかけることはありませんでした。


高校時代の僕の口ぐせ、覚えていますか?

何かあればすぐに「違うんですよ」「でも」「だって」と、言い訳ばかりしてました。

先輩は「ちゃうねんって、そればっかしつこい」「あほちゃう」と、ツッコミを食らわせてきました。真面目な顔で「なんでやねん」と、冷たく言われた時は、ちょっと傷ついたりもしました。

先輩は楽しい人です。僕たちを取り巻く環境はほとんど全てが変わってしまったのに、いつでもコテコテの関西弁の先輩は、手紙の時だけは、ぴっしりとした標準語で話し続けている。

そんな先輩が僕は好きです。


手書きの言葉は海みたいって、前に先輩が書いていましたが、本当にそうですね。僕のぶれた字は、あっちこっちに散ってしまって、波打ち際にいるみたいです。

今日会ったら、僕らはどうやって喋るのでしょうか。

あの頃みたいに気やすく「あほやな」って言ってくれるのかな。

「あほって言うほうが、あほやねん」

僕が、そうやって言い返せるようになるまでどれだけ頑張ったか、知っていますか。


僕たちは「嘘」もついたし、ほとんど手紙の中に生きていたかもしれない。

手紙では僕ら、ちょっと背伸びして、気取った言葉ばかり使っていましたね。見栄も張っていた。

それはきっと、固い机の前で書いていたからでしょう。

車窓から(今、何かを待って少し長めの停車をしています)空が見えて、ほんのり潮の香りが漂ってくる、ここでなら、僕はいつもより素直に伝えられるような気がしています。


また、電車が動き始めました。

潮の香りに誘われていたら、色々な記憶がよみがえりました。さっき電車が止まっていた時は、時間が止まったみたいだったのに、今はまた後戻りするみたいな、不思議な感覚です。

車窓が漫画のコマのようになって、色々な思い出が浮かびます。

校舎裏でなっちゃん先輩の声を聞いてしまった時、それがシェイクスピアの台詞と知らなかった僕だったけど、それがきっかけで演劇部に入れたこと、りんごジャムを鍋で煮詰めていた時のこと。

僕はずっと、名前のない関係を望んでいたんだと思います。恋人とか家族とか、友情とか、そういうのじゃない、何か。

僕たちは特別なんだ！　って、そう確かめたかったのだと思います。

車窓から、優しい春先の風が吹き込んできます。

もうすぐ、駅に着きます。

令和三年三月十一日　佐藤　巽

第五章　二〇二二——二〇二三

『月刊現代舞台　新年特大号誌上にて』

月刊現代舞台主催　第八回　新人脚本コンクール
佳作受賞作
「島」にて　金澤奈海

【あらすじ】

砂浜にある小高い岩場に腰かけた女性が手紙の束を読み返している。その表情や姿かたちは逆光になっていて見ることができない。

やがて女性は何かに気づいて顔を上げ……


【選評】

十代で出会った男女が恋愛を経て、ときに惑い苦しみながら、ゆるぎない結論に到達するまでの十年が描かれる。女性の「これでいいの。どこにもない、私たちだけのスタイル」というセリフに、作者の強い意志を感じた。夕暮れの海に、風で手紙が飛ばされるシーンの描写が美しい。研鑽の余地はあるが、佳作相当とした。今後の活躍に期待する。（柳 慎作／脚本家）

【金澤奈海氏のことば】

栄誉ある賞をいただき、今もまだ信じられない気持ちです。

変えられない過去や消えない痛みさえも大切にしながら、前に進もうとする男女の十年を描きました。

ラストシーンの後も、二人の人生は続きます。物語の終わりは、登場人物の終わりを意味しません。登場人物は、今もどこかで呼吸をして、生き続けています。それぞれが選んだ道を、躓き、ときには迷いながらも、一歩一歩進んで行ってほしいと願っています。

何度も挫折を繰り返しながら書き上げた脚本に目を留めていただき、大変光栄です。この賞を糧に、私自身も歩みを止めることなく励み続けたいと思います。（2021年11月）

＊

『和歌山県立和歌山南高校　演劇部部誌　２０２２年初春特別号
創立２０周年に寄せて　卒業生から』

【お名前・職業】

佐藤巽・プロモラトリアムニスト／作家もどき

【高校時代にしておけば良かったと思うこと】
前略　やろうと思えばこの先なんだって出来る勇者の皆さんへ
今やりたいことに、夢中になってください。今やりたいことが見つかってない人も、安心してください。なにせ皆さんは、やろうと思えばこの先なんだって出来るのです。

【在校生へのメッセージ】

卒業生だからといって、メッセージを言えるほど大したことをしてきたわけじゃありません。

生きれば生きるほど、経験は増えますが、後悔も増えます。増えた後悔と戯れて、水に流す（お酒でごまかす）うちに、ふと人生を悟った気になったりもします。

「ああ、これが大人か」、なんて。なんだかムナシイですね。

そう、だから後悔は……なるべくしない方が良いな、と思うのです。

【高校時代の自分に一言】

だよな、後悔しまくりの、高校時代の自分。

メンドクサイ人生、十代の借りを二十代で延々返し続けるような人生が待っているけど、覚悟しろ。

【編集部コメントより抜粋】

新人脚本家の登竜門と呼ばれるコンクールで、佳作を受賞された金澤奈海さんは、ご多忙につき寄稿いただけませんでしたが、「部の発展を心よりお祈りしております」とのメッセージをいただきました。

＊

『佐藤巽様』

お久しぶりです。２０２1年も幕を閉じ、気がつけば新しい年がまたやってきました。お元気ですか？　寅年の今年は、何事も積極的に動くべしだそうです。私も虎のように強気にならなきゃ（とは言いつつも、どちらかと言うと、虎から逃げる鹿に親近感です）。

私は今、自分の書斎で筆を執っています。

一人で書くことに専念できる空間を作りました。とは言っても、安い家賃の家に引っ越しをしただけなのだけれど。

その引っ越し先を、私は「書斎」と呼んでいます。書斎の窓からは海が見えて、心が安らぎます。すごく寒いけど、窓を全開にして、その時に吹いてくる海風が心地良いです。

海を見るとやっぱり、昔のことを思い出してしまいます。というよりそのために、海が見える書斎を選んだのかもしれない。海は世界の全てを飲み込んでくれます。とても怖い場所ではあるけれど、大きな水にしか飲み込めない、解決できないものがあるような気がします。

君に、伝えたいことがあります。

一年前、「島」で会った時のこと、今でも鮮明に思い出せます。負のループを終わらせることと、私たちは出来たのかな。

君は、私のダメなところを散々言ってきましたね。私が感情で動いてしまうところ、しっかり見破られていました。だから周りが見えなくなるんです！　そのくせ理屈立てて喋るのが上手だから、余計たちが悪いですよ！　と言われた時は、君のほうが大人になってしまったようで……少しムカついた。あの頃みたいにロマンチストな言葉を若干、期待していた私でした。はやぶさに例えがちな君は一体いずこ？

そんな思いもあったけれど、あの時の君の言葉は今、私のお守りになっています。

「強くいる必要はない。弱いことを自覚すれば先輩は大丈夫。弱くても良いんですよ」そうも、言ってくれましたね。

「もうしばらく、会うのはやめましょう。その代わりお互い、強くなりましょう」

そう言ってくれた君の提案を、私はすんなりと、とても腑に落ちる感じで受け止めることが出来ました。君の真っ直ぐな眼差しと表情を思い出すと、君とか私とか何がどうとかどうでもよくなってしまう気持ちになりますよ。それは、とてもあたたかい感情です。

引っ越しの話をしたので、もう薄々察しているかもしれませんが、渋沢さんとは昨年、お別れしました。

彼は、それはそれは愛妻家でした。どんなふうに愛妻家だったかは、以前のお手紙で書き尽くしたので、あれですが、要は一緒に暮らすうちに気付いたのです。

渋沢さんは、「愛妻家である自分が好き」なだけであって、渋沢さんがいつでも一緒にいたいのは、私という人間を信じていないからなんだって。

詳しくは書きませんが、それを嫌というほど知らされる事件がいくつも続いて……馬鹿みたいです。「これこそが運命だ」なんて思っていたのに。

今回の一件で私は知りました。

人は、美しい結婚式の光景を見て、夕暮れの観覧車の中で、それを運命的だと言いたがるけど、運命というものはそんなに生やさしいものではありませんでした。

ひたすらに無機質で、無感動な毎日、そこに潜む微かな明るさを、絶えず拾い、眼差しを向け続けること。それが運命を手にするために必要なことでした。

そして私と渋沢さんは、その努力を続けることができませんでした。

そう気が付いて初めて、私は脚本を最後まで書くことができたのです。おまけに賞までもらいました。恋だとか愛だとか、ドラマチックだとか運命だとか。それらを一周回って諦めた途端、人に褒められたのです。たくさんのものを捨て、きっと私には何かが残りました。『よくぞ諦めたで賞・受賞』『ベスト捨てたで賞・受賞』です。

私の中には、切なさとともに晴れやかな気持ちがあります。もう昔には、戻れないということ。そして私の日々に意味のないことなんて、何ひとつないのだ、ということ。その両方を知ったから。

毎日やってくる今日を、大切に生きたいと思っています。無理に見栄を張ったりするのではなく、等身大の私でしか受け取れない私の今日を、しっかり見つめていこうと思っています。

新しい書斎も手に入れたことだし、今年の目標は「新しい脚本を書き上げること」にしようかな。

まだまだ寒い日が続くので、巽くんも体調には気を付けてください。

令和四年一月十六日　　金澤奈海

『金澤奈海様』

遅くなりましたが、脚本コンクール佳作の受賞おめでとうございます。受賞を知ってすぐに手紙を書こうとしたのですが、何枚も失敗しました。おめでとう、五文字に気合を入れすぎました。そうこうしているうちに、先輩から手紙が届いて。

海の見える書斎、先輩にとっての新しい島みたいですね。そこで新たな脚本に挑戦されるとのこと、応援しています。

僕は書かなければと追い詰められることから解放されて、しばらくぼんやりと過ごしたくなり、地元に帰ってあの部屋に住みつきました。昔、先輩が来てくれた、父の部屋です。考えてみればあそこも書斎ですね。

たくさんの本の中で、僕はとても小さき者でした。その事実を受け入れ、書斎にうず高く積もる創作の一欠片になろうとしました。

すると、不思議と気持ちが安らぎました。すべてのことに等しく正しい距離を取れているような感覚が、僕を安心させてくれました。誰もいない浜辺に、海の音がわずかに聞こえてくるようで。

学生時代に先輩とやりとりした手紙も読み返しました。手紙を収めた木製のレターケースは濃く良い色になっていて、引き出しを開ける時に少し緊張しました。手にとった一通一通、とても懐かしかったです。

文通を始めたきっかけって、先輩の手紙だったんですね。

雑誌の受賞記事にあった『砂浜にある小高い岩場に腰かけた女性が手紙の束を読み返している』この部分を目にした時、先輩も読み返したんだ、と思いました。

運命という言葉についての、先輩の考察、とても面白く拝読しました。確かにそうかもしれない。僕たちは、ある一瞬の風景を切り取って、これは運命だ、あれは運命の二人だ、なんて言ってしまうけれど、運命ってそんな単純なものではないですよね。運命は、運命だと思ったからには、運命にし続けなければならないのだと思います。

それを踏まえた上で、僕はこう思います。僕と先輩の関係性は、運命だったんじゃないかって。

あぁ、言っちゃいました。言わなきゃよかったのに。でも、もうだいぶ書き進めたので今更、書き直すのも嫌だし、ここだけ修正液でベタベタに消すのも嫌だし。書いてしまいますね。

もちろん、ここで僕は、先輩に対して、「僕と先輩は運命の赤い糸で繋がれてると思うんです」なんて、ことを言いたいわけではありません。流石にもう、そんなロマンチストな自分は、ずっと前に消えてしまいました。僕がここで言いたいのは、そういう恋愛的な意味での運命ではなく、人間同士の縁、もっと言えば、僕と先輩の、手紙で繋がっている不思議な縁という意味での運命です。

僕たちは十二年もの歳月、手紙をやりとりしてきました。

ある時はくだらなくて、またある時はみっともなくて。確かにそのことを、「負のループ」だと感じていた時期はあったたし、実際、僕たちの現実に悪影響を与えていた部分もあるかもしれない。それに僕たちを襲った運命は、厳しくて、残酷なこともありました。

でもね、先輩。

だからこそ、僕と先輩は「運命」なんじゃないかって思うんです。

それは囲いとか、拘束とか、そういうことではなくて、もっと純粋で、清らかで、だからこそ断ち切り難い、そういう繋がりです。例えるなら、なんだろう……そう、ラッコ。ラッコっているじゃないですか。ラッコってね、寝る時、家族や友達と離れないために、手を繋いで寝るんですって。水に浮かびながら、手を繋いで寝ているラッコ、可愛いんです（時間がある時、「手繋ぎラッコ」で検索してみてください）。

僕たちは、この現実という大海原ではぐれないために、ラッコが家族や友だちと手を繋ぐように、手紙で繋がっているのだと思います。繋がっている運命なのだと思います。

僕は先輩が大切です。先輩に幸せになってほしい。生きていて良かったとこれからも思ってほしい。

僕にできることなんて、何もありません。だけど、こうして手紙をやりとりすることで、海での孤独を紛らわすことができるかもしれない。ちょっとは気休めになるかもしれない。

先輩、これからも僕と文通をしてくれませんか。

あの島にて

令和四年三月十一日　佐藤　巽

追伸
僕たちは、あと何通手紙を送り合えるのでしょうか?

【エピローグ】

『和歌山県立和歌山南高校　演劇部部誌　２０２３年春特別号より』

卒業する三年生の皆さんへ

はじめまして。ＯＢの金澤奈海です。

創立二十周年記念誌に寄稿できずにいたのが心残りで、顧問の先生に連絡したところ、こうして寄稿する機会をいただきました。


演劇部を引退してから、早いもので十三年が経とうとしています。

私は今、脚本家の卵として、テレビ局や映画制作会社に出入りする生活です。コンクールで賞をもらい、長年の夢が叶った実感のないまま、日の前の企画に必死にしがみついています。

映像を先生に送っていただき、皆さんの卒業舞台を拝見しました。まず演目を見て、驚きました。

『夏の夜の夢』

私もこの作品が卒業舞台だったのです。今でも大事にしている思い出を私にくれた作品です。そして公演、とても素晴らしかったです。カーテンコールで胸を張る皆さんの姿に、感動しました。誇らし気な表情は、映像越しにも伝わってきました。

卒業生の皆さんは今、色んな気持ちでいっぱいでしょう。これから先の航海に、不安な気持ちが強い人もいるかもしれません。私がそうでした。

私は今、海岸の砂浜に座り、ある人を待ちながら原稿を書いています。

ここは私の原点とも呼べる場所。

原点って、まさにその言葉の意味を体現していて、十年経っても原点のまま。

変わらない場所があることの意味を、噛みしめています。

公演終了後のカーテンコールの時、全員で手を繋ぐ演出。

あれ、私の頃もやっていたのを思い出しました。改めて見ると、ラッコみたいだなと思いました。ラッコって寝る時に、家族や友達とはぐれないように、手を繋いで寝るそうですよ。

先の航海、荒れ狂う時代に、社会に。胸を張って生きてください。

手を繋いでいる限り、カーテンコールは終わらない。
皆さんのこと、心から応援しています。いつかどこかで、お会い出来るといいですね。その日を楽しみに。

脚本家　金澤奈海

＊

『令和五年二月三日　二十三時五十九分
小説投稿サイト『ステキブンゲイ』内「最新のブンゲイ」より』

『100回継ぐこと』　　　佐藤巽

〈プロローグ〉


今は立春の前日の二十三時五十九分で、まだ冬だ。だけどあと一分経てば春が始まる。暦のうえではそういうことだけど、人はその瞬間に春が始まったとは思わない。気付いたらめぐっているのが季節だし、雨は気付いたら止んでいるものだし、襟足の髪はいつの間にか伸びている。

だったら春が始まるのはいつなんだろう。

そして僕と先輩の物語は、いつ始まったんだろう。

僕と先輩の物語は、こんな感じだ。

劣等感をシェアした二人が、どうしようもなく惹かれあった。恋愛なんて錯覚なのに、その錯覚に逆らえず、十年以上の時が経ってしまった。思い残しを追いかけているうちに、どうしてもそれを何かに昇華したくなってしまった。

会って話して、幾度も手紙を交換して、それでもまだ辿り着かない先があった。寄る辺のない表現の大海で、ときどきラッコみたいに手を繋いで眠れたら素敵だな、と思うけれど、きっとそれだけじゃない。先輩について、僕らの関係性について、知りたいことはまだたくさんある。これからどんなことが起こるのかも、僕にはさっぱりわからない。

春になったら、先輩と僕の小説を書こう、と思った僕は途方に暮れている。

まだ終わりそうのないこの物語の始まりは、一体いつだったのだろうか。長い長いこの話を書くのなら、どこから始めるのが相応しいんだろう……。

校舎裏で初めて先輩の声を聴いたとき——。
演劇部に入ったとき——。
初めて手紙を書いたとき——。
初めて触れあったとき——。
りんごジャムを煮詰めていたとき——。

どのときも確かに、何か（多分、恋）の始まりだった。そんな瞬間なら、他にも無数に浮かぶ。例えば先輩の手紙の、あの言葉。その文字の形を見たとき。自分が書いた言葉。投函しなかったあの手紙。

スゴロクしたことを話すとき、話の始まりはサイコロを振ったところが良いんだろうか。盤を広げたところなのか、それともスゴロクをする動機が発生した瞬間なのか、あるいはスゴロクというゲームが生まれた背景の話が良いかもしれない。

きっと、現在も進行する物語の始まりは、過去のどんな瞬間にも含まれている。

あらゆる過去の瞬間が、今の僕と先輩に繋がっている。

だったら話の起点は、仮に定めるしかない。

あらゆる過去に思いを馳せれば、見たことのない一つのジャガイモに、起点は収束していく。その話は昔、父がカレーを作りながら教えてくれたものだ。

ロシアに抑留された曾祖父は、餓死寸前だったらしい。それを可哀想に思った農家のナターシャがジャガイモをくれて、曾祖父は生き残ることができた。

そのことがあったおかげで、僕の命はある。

だったらそのジャガイモから、僕らの物語が始まったと仮定しよう。そのときナターシャがジャガイモを差しだし、僕と先輩の物語は始まったのだ。

プロローグの終わりに、心優しいナターシャに感謝を。

そしてナターシャのおかげで始まった物語のうち、前半の八十年近くを、前略。

第一章は、僕がかつて「島」と呼んでいた岩場に向かうところから始まる。

あとがき

本作は2021年の2月から、小説投稿サイト『ステキブンゲイ』で連載が始まり、約1年間、続きました。

100名の作家でリレー小説が完成するのか試してみたいという、あくまで思いつきのレベルで始まった企画でしたが、2年をかけてこうして本にすることが出来ました。

記念すべき最初の作家であるいぬじゅんさんと、オンラインで打ち合わせをした時のことを鮮明に覚えています。その時点では、男女の往復書簡のみで構成しよう、ということくらいしか決まっていませんでした。

そこから公募で集まった（一部ゲスト執筆者を除く）約100名の物書きの方と、メールやLINEを使って小説を紡いでいきました。「巽と奈海のどちらの手紙か／どんなことを書いているか」ざっくりとしたお願いを箇条書きで送り、あとは自由に書いていただきました。

4日に1回バトンを渡し続ける1年は、大変でしたが、とても刺激的でした。全体の構成を踏まえつつも細かいことはあまり気にせず、とにかくその瞬間の奈海と巽の声に耳を澄まそうと気を付けました。

時間とは不思議なものです。

私たちは過去を振り返るとき、どこか一点を取り出して、そこと現在とを直線で結ぶ作業をします。それは時間を一瞬にして飛び越すような行為。だから「あっという間だった」と、たとえ十年以上の歳月を振り返ったとしても、そう感じるのでしょう。

しかし結んだ線に一つ一つ、点を打っていくとどうでしょうか。あの時ああだった、その数年後にこうなった。引っ越して、職場がこうで、恋愛があぁで、好きなバンドがこうなって……自分がたくさんのことを積み重ねて生きてきた気になります。

交わした手紙を読んでいくことはすなわち、過去と現在を結んだ線に点を打っていく作業である気がします。奈海と巽のやり取りは、一冊の本として読み終えるとあっという間だけど、その手紙の一つ一つに、起承転結を越えた、点としてのドラマがあるのです。

100名の作家に執筆いただいた原文は、小説投稿サイト『ステキブンゲイ』に掲載されています。

連載が終わった後で、半年かけて全体の文体を整えたり、味付けをしたりしました。その際には、脚本家仲間の伊吹一さんに大いに手伝っていただきました。本作で印象的に登場する

「ラッコ」は、特に彼の発案です。

素晴らしい装幀を作ってくださったアニメーション作家の半崎信朗さん。また、書籍化においてバックアップしてくださった、中村航さん（本作のサブタイトルが、氏の小説の一つである「100回泣くこと」からインスパイアされたことは言うまでもありません）。心から、感謝しています。

企画性が前に出るようなタイプの小説ですが、様々な方の協力をもって、一つの作品に落ち着いたと思っています。とても、好きな作品になりました。

時間とは不思議なものです。未来への思いの馳せ方も、それぞれです。
巽と奈海の未来はどんなだろうか。彼らは、なにを忘れて、なにを覚えているだろうか。
読者の皆さんの未来に、この本がありますように。

映画監督・脚本家　作道 雄

共同執筆

伊吹 一

1994年生まれ。山梨県出身。青山学院大学大学院法務研究科修了。第13回南のシナリオ大賞、第33回フジテレビヤングシナリオ大賞佳作。映像脚本だけでなく、ラジオドラマや、MV のストーリー等も手掛けている若手脚本家。担当作品は、映画「幻の蛍」、フジテレビ「女神の教室~リーガル青春白書~」（脚本協力）、FM とやま「西村まさ彦のドラマチックな課外授業」、flumpool MV「君に届け」ストーリーなど。

ゲスト作家

いぬじゅん

奈良県出身、静岡県在住。2014年「いつか、眠りにつく日」で第8回日本ケータイ小説大賞を受賞しデビュー。2019年フジテレビ FOD 、地上波にて連続ドラマ化。2019年「この冬、いなくなる君へ」（ポプラ社）で第8回静岡書店大賞映像化したい文庫部門受賞。２０２２年「この恋が、かなうなら」（集英社）で第１０回静岡書店大賞映像化した文庫部門受賞。「今夜、きみの声が聴こえる」（スターツ出版）「君がオーロラを見る夜に」（KADOKAWA）など、生死をテーマにした作品を多く発表している。

白石優愛
２００１年7月1日生まれ、大阪府出身。女優。
２０１３年、NHK連続テレビ小説「ごちそうさん」にて女優デビュー。中学校卒業と同時に上京、２０１８年上田慎一郎監督の映画「たまえのスーパーはらわた」主演に大抜擢、第１０回沖縄国際映画祭で上映され注目を浴びる。他の参加作品としては、ドラマ「ウルトラマンR/B」（１８）、映画「七つの会議」（１９）「思い、思われ、ふり、ふられ」（２０）「小説の神様」（２０）「まともじゃないのは君も一緒」（21）「透子のセカイ」（２２）など。
最近ではABEMAにて放送の「恋愛ドラマな恋がしたい～Kiss me like a princess～」にも出演し、話題を呼んだ。

中村優一
1987年10月8日生まれ、神奈川県出身。俳優。

2005年「ごくせん　第2シリーズ」にてドラマデビュー。

その後2005年「仮面ライダー響鬼」、2007年「仮面ライダー電王」と、平成仮面ライダーシリーズ2作品に出演し話題となる。

最近の出演作品としては、映画「八重子のハミング」（17）「スレイブメン」（17）「恋のしずく」（18）「君から目が離せない～Eyes On You～」（19）「大綱引の恋」（21）、劇場版「1979 はじまりの物語～はんだ山車まつり誕生秘話～」（22）、「ウルトラマントリガー エピソードZ」（22）など。

月亭太遊
落語家。大分県竹田市出身。
ラップやアニメ、アートなど様々なジャンルを越境し撹拌、再構築する全く新しいパフォーマンス「ネオラクゴ」の創始者。圧倒的技術力に裏付けされた、繊細な表現と強いメッセージ性のある噺で、表現の極地に常に挑み続ける。

中村 航

小説家。2002年「リレキショ」にて第39回文藝賞を受賞しデビュー。続く「夏休み」、「ぐるぐるまわるすべり台」は芥川賞候補となる。ベストセラーとなった「100回泣くこと」ほか、「デビクロくんの恋と魔法」、「トリガール!」等、映像化作品多数。アプリゲームがユーザー数全世界2000万人を突破したメディアミックスプロジェクト「BanG Dream!」のストーリー原案・作詞等、幅広く手掛けており若者への影響力も大きい。

装幀

半崎信朗

2007年東京藝術大学大学院デザイン科修了後、フリーランスの映像作家として活動を開始。Mr.Children「himawari」「花の匂い」「常套句」MV、みんなのうた「こんど、君と」「お弁当ばこのうた~あなたへのお手紙~」、道尾秀介作の絵本「緑色のうさぎの話」の装幀、イラストなどを手がける。

執筆陣

いぬじゅん／根本美佐子／貴舟塔子／【追悼・貴舟さん】つこ。／塵 薫／鈴乃／圭琴子／
石嶋ユウ／水瀬そらまめ／卯月草／宮内ぱむ／住原葉四／雪白楽／たいらごう／翔優／
紫乃はるか／景綱／ナカタニエイト／トモリ／多畑米／笑子／ハセベアツ／あられ／
春田奈菜／かぜのこ／松下史加／ジムイン／あきやまなおこ／森のかな／しーなねこ／
榎本まう／area／御曾音★にゃぁ／十三不塔／とろ／もりひろ／松戸理子／花菜子／
彼方ひらく／長尾淳史／だし〇くん／白石優愛／ぱせりん／竹邑貴司／橋ヶ谷典生／
孤高のピグレット／たらはかに／奥坂らほ／ひろみ／ぴこ／吉見宝／夏田樹／跳ね馬／
あみはん／春野泉／中村英里／織田麻／堀田さん／にこまる／kahoru／メグ／こな雪／
横山睦／寿すばる／夕空しづく／アオ／中村優一／福田透／森沙架逗真／天野つばめ／
羽田光夏／山本雄生／きさらぎみやび／マスターショット／作道雄／大町はな／横山すじこ
／武中ゆいか／Luvco／幽八花あかね／ひよこ／尾跡やぶ犬／黒蜜柑／夕月 檸檬／
愛良瑞月／岾本／喜島 塔／塚田浩司／木野かなめ／田辺ふみ／にゃんしー／夏木蒼／JJJ
／平良ななめ／ゼロの紙／トウミイチヨ／高木彩優／広瀬晶／月亭太遊／佐倉治加／
中村航

企画・構成・執筆

作道 雄（さくどう ゆう）

1990年大阪府茨木市生まれ、京都大学法学部卒業。

2014年に映像制作会社「クリエイティブスタジオゲツクロ」を設立、代表に就任。映画監督として活躍する一方、脚本家としてテレビドラマの脚本などを手掛けている。

監督作に、映画「神さまの轍」(18)。脚本作に、映画「光を追いかけて」(21)「アライブフーン」(22)、NHKテレビドラマ「ペットにドはまりして、会社辞めました」など。

監督・脚本作のVRアニメーション「Thank you for sharing your world」が第79回ヴェネチア国際映画祭のVenice Immersive部門（コンペティション）にノミネート・正式招待された。

Love Letters
～100回継ぐこと～

二〇二三年三月一日　初版第一刷発行
二〇二三年四月一〇日　第二刷発行

著者　作道 雄
発行人　中村 航
発行所　ステキブックス
https://sutekibooks.com/
発売元　星雲社
（共同出版社・流通責任出版社）
〒一一二－〇〇〇五　東京都文京区水道一－三－三〇
電話　〇三－三八六八－三二七五
印刷・製本　シナノ印刷
装幀　半崎信朗

ISBN978-4-434-31642-5
C0093